》》》著

野草书

江苏凤凰文艺出版社
JIANGSU LITERATURE AND ART
PUBLISHING HOUSE

图书在版编目（CIP）数据

野草书 / 田立华著. -- 南京 : 江苏凤凰文艺出版社, 2024. 10. -- ISBN 978-7-5594-8972-2

Ⅰ. I227

中国国家版本馆CIP数据核字第2024600UL0号

野草书

田立华　著

责任编辑	万馥蕾
装帧设计	张少健
责任印制	杨　丹
出版发行	江苏凤凰文艺出版社
	南京市中央路165号，邮编：210009
网　　址	http://www.jswenyi.com
印　　刷	淮安市华东印务有限公司
开　　本	880毫米×1230毫米　1/32
印　　张	8
字　　数	150千字
版　　次	2024年10月第1版
印　　次	2024年10月第1次印刷
标准书号	ISBN 978-7-5594-8972-2
定　　价	88.00元

江苏凤凰文艺版图书凡印刷、装订错误，可向出版社调换，联系电话 025-83280257

目录

序 01

第一辑 梦回故乡

野草书 2
归途 3
你的样子 4
五月的夜幕 5
你好！2024 6
大寒 7
风往哪儿吹 8
空椅子——悼念墨翰 ... 9
一片枯叶 10
我听到的声音 11
一念之间 12
诗行上的春天 13
三月 14
小站 15
惊蛰 16
月光之夜 17
窗 18
谷雨 19

那时候 20
爱上雪 21
再见，南京 22
自白 23
晨光 25
手指上的闪电 26
夏日感怀 27
岩石 28
浅睡眠 29
流星 30
三八线 31
雁阵 32
暖水瓶 33
断章 34
以后的岁月 35
秋天的第三首诗 36
处暑 37
背影 38
转身 39
凌霄花 40

1

蝉鸣 41

第二辑　夜雨寄北

夜雨寄北 43

稻子熟了 44

蒲公英 45

蝴蝶 46

玻璃杯 47

在一棵树下 48

劳动的人 49

寒露 50

柿子红了 51

一滴晨露 52

流沙 53

十月 54

钥匙 55

一块糖 56

走过乡村的人 57

最亲爱的人 58

野草 59

经过 60

晚秋 61

雪梦 62

半截诗 63

哥哥,请唤我小丫头 ... 64

以简·爱之名 65

歌声 66

秋天的街道 67

露水 68

落雪 69

高粱熟了 70

空巢 71

读我诗的人 72

无风的黄昏 73

车轮 74

一壶酒,慰风尘 75

后来 76

一纸月光 77

晨光 78

那一朵花 79

目录

半个月亮 ………… 80
七夕 ………… 81
我看见 ………… 82
自我认知 ………… 83

第三辑 归期若梦

星期六 ………… 85
空房子 ………… 86
我踩碎的一枚落叶 … 87
东风 ………… 88
三月的早晨 ………… 89
一树花开 ………… 90
静水 ………… 91
在安镇 ………… 92
回声 ………… 93
轮椅上卖气球的小男孩
  ………… 94
春之声 ………… 95
深夜是一种塌陷 …… 96
九月 ………… 97
秦淮河的风 ………… 98

八月桂花香 ………… 99
万物的祈祷 ………… 100
八月帖 ………… 101
海棠花 ………… 102
立秋 ………… 103
一张废纸 ………… 104
打麦场上的月亮 …… 105
旧手表 ………… 106
旧时光 ………… 107
环卫工人 ………… 108
五月断章 ………… 109
绿肥红瘦 ………… 110
怀里的云朵 ………… 111
和自己走在大街上 … 112
另一场雪 ………… 113
梅花 ………… 114
去草原 ………… 115
熊猫赞 ………… 116
水墨阿坝 ………… 117
夏日 ………… 118

桃花开 ………… 119
流星 …………… 120
九月的夜幕 ……… 121
我写夏天 ………… 122
珍贵的人间 ……… 123

第四辑 北风之恋

小巷里的月亮 ……… 125
一枚橘子 ………… 126
春夜 …………… 127
老乡 …………… 128
花开的时候来看我 … 129
老屋 …………… 130
喇叭花 ………… 132
父亲的背影 ……… 133
划破你心窝的月 …… 135
走不出的那片海 …… 136
农家小院 ………… 138
萤火虫 ………… 139
交心 …………… 140
雪在梦中舞 ……… 141

初心 …………… 142
秋风落 ………… 143
紫藤长廊 ………… 144
诗梦 …………… 145
断树 …………… 146
灯 ……………… 147
这样我温暖一点 …… 148
故乡的距离 ……… 149
望故乡 ………… 150
后山上的泥土 …… 151
家后的草场 ……… 152
故乡的杏花开了 …… 153
月亮都是圆的 …… 154
钟声 …………… 155
一页天涯 ………… 156
走失的诗行 ……… 157
爱如水晶 ………… 158
等待明天 ………… 159
渐 ……………… 160
木头人 ………… 161

目录

站台 …………… 162
天暗下来 ………… 163
秋风斩 …………… 164
流水谣 …………… 165

第五辑 转角有梦

穿过雨巷 ………… 167
手机密码 ………… 168
如果你要告别村庄 … 169
守望黎明 ………… 170
听花落的声音 …… 171
谁在呼唤我的沉睡 … 172
秋日 ……………… 173
河流 ……………… 174
风的样子 ………… 175
冬的颜色 ………… 176
春天还远 ………… 177
柔荑 ……………… 178
与梦之蓝有约 …… 179
美人泉 …………… 180
泡沫 ……………… 181

洋河美酒 ………… 183
梅 ………………… 184
邂逅 ……………… 185
等 ………………… 186
和村姑一起捉鱼 … 187
假面 ……………… 188
爱上一场雨 ……… 189
搁浅，风 ………… 190
父亲种地 ………… 191
父亲 ……………… 192
父亲钓鱼 ………… 193
站在你的右边 …… 194
距离 ……………… 195
初见 ……………… 196

第六辑 醉美泗阳

春暖大不 ………… 199
樱花园 …………… 201
成子湖 …………… 202
相思树 …………… 203
来安，我们在最美的春天相

5

遇 ………………… 204

泗水长流 …………… 205

恩泽园 ……………… 206

紫藤长廊 …………… 207

桃花 ………………… 208

牵牛花 ……………… 209

马兰花 ……………… 210

仁爱颜圩 …………… 211

陌上花开 …………… 212

悠然菊园 …………… 213

不完整的部分 ……… 214

运河晚祷 …………… 215

运河,请接收我深情的告白
………………… 216

樱桃熟了 …………… 217

解禁春天 …………… 218

转角有梦 …………… 219

行者 ………………… 220

菊花开了 …………… 221

等冬季那场相约 …… 222

九一八 ……………… 223

故乡,故乡 ………… 224

遇见 ………………… 225

许愿灯 ……………… 226

枫叶凌舞 …………… 227

跌落的月光 ………… 228

我在秋天等你(一)… 229

我在秋天等你(二)… 230

第七辑 名师点评

谷风赏评《老屋》…… 232

秋灯吟草赏评《雪在梦中舞》
………………… 237

卜一赏评《一枚橘子》《紫藤长廊》………………… 239

后记 ……………… 241

序

颜士富

一天，有两位姑娘来编辑部送稿。其中一位说"颜老师好"，一开口，声音很轻，还带着微笑，一口并不标准的普通话里裹夹着乡音。后来知道她叫田立华，从吉林远嫁江苏的，还开了一爿手机维修门市，每天起早贪黑地为柴米油盐奔波，仍念念不忘诗和远方。我不免对她尊重有加。

我是写小说的，确切地说，对诗歌是门外汉。编辑部人手少，我是编辑小说、散文、诗歌一肩挑。特别编辑诗歌时，我有一个准则，对晦涩难懂的一律拒之门外，不管它是哪个流派的，一概不用。

田立华的诗好读。于是，我陆续发了她的好多诗歌。

田立华谦虚好学，渐渐地从泗阳县作家协会走了出去，先后加入市、省作协和中国微型小说学会。作品也从内刊走向全国，在《扬子晚报》《湛江日报》《宿迁晚报》《参花》《青年文学家》《扬子江诗刊》以及诗歌最高殿堂《诗刊》发表。

田立华在经营和创作两不误的情况下，还挤出时间，为作协编辑公众号。公众号在全国产生了很大的影响，这与田丽华的付出是分不开的。

生活、创作、做人。田立华是优秀的。

我说田立华的诗好读，请不要理解为肤浅。

田立华的诗没有造作，她的诗歌从内心出发，带着温度，读着读着就让你有疼痛的感觉，字里行间流淌着真情——

夏天刮起的风
让我想到，北方
做活的母亲
她很可能
只身去亲近那些地里的
玉米、大豆、高粱
施肥，除草
那么多的杂草，被母亲拔除扔掉
我能想到，她立在地头
擦拭汗水，微笑
尽管大部分草，一场雨后又会复活
现在，我远离母亲很久了
我多羡慕那些草
多希望我是其中一株——
被母亲厌弃
却时常出现在她的生活里

只有背井离乡的人，才会在远离亲人后发出思念亲人的呐喊，如杜鹃啼血，声声入心入肺。这样的诗，它深奥吗？小学生都能读懂；它肤浅吗？应该说是人人眼中有，却人人笔下无的好作品。我想，这才是诗歌应有的样子。

修手机行业中，只有我喜欢文字
在店里，读唐诗背宋词
有时间让小猫看我纸上的分行

序

　　读诗给它们听
　　拿出猫条,给每个小家伙分一个
　　又为它们揩净眼角的脏污
　　……

　　读这首诗,能感受到田立华是一个热爱生活的人,这样认真生活的人,创作的源泉才不会枯竭,诗才会有生活的情趣。

　　"一枝一叶总关情",在此,不再一一赘述。我认为,无论什么文学作品,脱离了生活,就是无病呻吟,读者就不可能产生共鸣。通过田立华以上的两首诗可以看出,她的诗歌创作走对了路,希望她一直沿着这条路走下去,相信一定会有大的收获。

　　期待着。

　　是为序。

　　【颜士富,中国作家协会会员,中国微型小说学会常务理事、副秘书长,宿迁市作协副主席,泗阳县作协主席,文学创作三级作家。迄今在《人民日报》《安徽文学》《百花洲》等百种报刊发表微型小说,被《小说选刊》《小小说选刊》《微型小说选刊》等转载。作品入选《中国微型小说名家名作百年经典》《新中国70年微小说精选》《中国当代微小说300篇》《世纪微小说精选100篇》及年度排行榜等选本。参与编撰《过目不忘50则进入中考高考的微型小说》《中国微型小说读库》系列丛书。著有微型小说集《足迹》《1938年的鱼》等七部。获首届吴承恩文学奖,江苏大众文学奖,世界华语微型小说奖,首届江苏文学内刊十佳优秀编辑奖等。】

第一辑

梦回故乡

野草书

夏天刮起的风

让我想到,北方

做活的母亲

她很可能

只身去亲近那些地里的

玉米、大豆、高粱

施肥,除草

那么多的杂草,被母亲拔除扔掉

我能想到,她立在地头

擦拭汗水,微笑

尽管大部分草,一场雨后又会复活

现在,我远离母亲很久了

我多羡慕那些草

多希望我是其中一株——

被母亲厌弃

却时常出现在她的生活里

归途

云彩烫过的晚风
绕着左手食指,拂过脸庞
让鸟儿一再收拢翅膀

旧情绪上的单车停在路边
阳光刚好照亮一枝小野花的夏天
淡淡的阴影下,不需要说明
火一样的晚霞正慢慢散开

中年人的背影逐渐弯曲
我听见那些寂静慢慢裂开
小草正伸着小手
接住了我低处的生活

你的样子

绿草高过你的肩头
风拂过,它们和你点头示意
天空那么低,好像一伸手
云朵可以揽在怀里

你的美惊艳了这个夏天
一袭红衣似一树欲燃的石榴花
足够让一朵盛开的向日葵低下头
在阳光下含着无限寓意

你的长披风像极了蝴蝶的翅膀
在芦苇叶顶起的阳光里
你拎起裙角
湖面刚好安静得像一面镜子

五月的夜幕

我在小路边看落日,看

一棵桃树,仿佛佩戴了徽章

一阵风吹过来

我看见金色里的麦地

拥搡着远方

那是落日的帷幕

在一台收割机的咬痕里

那时,我只是过路人

像一株野草,在光辉里独舞

你好！2024

修手机行业中,只有我喜欢文字

在店里,读唐诗背宋词

有时间让小猫看我纸上的分行

读诗给它们听

拿出猫条,给每个小家伙分一个

又为它们揩净眼角的脏污

它们像是一群孩子

不喜欢读书的孩子,不懂得点赞道好

风信子很淡定,还是开出去年的模样

天气预报说降温有雪

是雪,让跨年成为一个隆重的仪式

大寒

一场西北风让冬天陷入危机

事物的秘密从深夜穿行

随性而来的一场雪

不完全是冬天的样子,可

到处都是我写不完的稿纸

被光穿插过去又散在地上的缩影

一时间像等待我咀嚼的冻秋梨

这一刻,我沉默了

那些碎影中的潮湿一点点扩散了

在一粒冷雪里,是安静的风

这一刻,各种声音开始聚拢起来

我不能全部读懂被雪覆盖过的东西

风往哪儿吹

饭桌上围坐着奶奶的子孙
过了年,又将各自回到工作岗位
偶尔停留的麻雀
是奶奶更小的孩子

小院子已装下足够的阳光
她把米撒在地上,看麻雀跳来跳去
自己则靠在墙角
布满风霜的脸像极那株老桑树

风正一点一点地摇醒柳枝
这样的情景让我想到了人生
从蹒跚学步再到蹒跚走路
可以不释放温暖
但要准备着,只身接受寒冷

空椅子

——悼念墨翰

雪落在椅子上

我想要用熟悉的形容词

形容这小小的沉默

看,泪水从屋檐上滑下来

无法复制的忧伤

悄无声息地压低天空

椅子上落过你的汗渍,又落上雪

现在没有什么了

曾经来过,又悄悄地离开

你的背后有足够的留白

一片枯叶

没有看到你落地前的美

一次次蜕变后脉络仍清晰可见

我没有勇气触碰你

想到远方的母亲在一点点变老

像一片枯叶在风中抖动

在一次视频通话里她没有说想我

她说和父亲很好

此刻有一根针深深刺痛我

我捧起枯叶,感受她的存在

知道让她放不下的太多

此刻,我望着远方

我听到的声音

麻雀落在门口的紫荆花树上

填补了树干上的空白

又像落叶逐渐消失

天空像一只大大的口罩

将它们藏匿起来

这一刻多么安静

我仿佛回到小时候

一个熟悉的声音响在耳畔

在那个我曾经想逃离,现在

回也回不去的地方

一念之间

放弃上大学的那个夜晚

月亮走过我窗口

留下的光那么忧伤

它缓缓移动像时钟上的钟摆

将黑夜赶到最深处

翻过那一晚的月光

在她垂直指引的路径上

一列火车奔驰而过

离开熟悉的一切

每一次铁轨撞击都是孤独的音

现在月亮更圆了

却始终感受有一份阴暗跟着我

影子沉默不语,将我的怀念落了下来

诗行上的春天

我把脸贴近一棵盛开的树

在阳光照射的斑点里

我比喜鹊更爱惜树上的果子

不喜欢倒春寒,怕被寒流击中

长满皱纹的老树干已开始慢跑

一阵风吹过后

地上的光斑消失了

星星不知什么时候从口袋里跳出来

三月

应该是南风烫过的花瓣

绕过旧树枝

让水皱了一下我照过的脸

应该是我的梦给了三两只蝴蝶

并带着丝丝甜味,在淡淡的影里

之后,我选择熟读一树桃花

带着日常复制过的晚云

一再忍住归鸟的翅膀

其实,不需要描写

燃烧的春天也开得那么好

其实,我喜欢离花朵近一点

我听见那些寂静慢慢裂开

叶子的小手,仿佛

一下子打开了我低处的生活

小站

这个小站

像我一直未放下的手势

守候的时间是列车的鸣笛

是不多的,寂寞的灌木丛中的荆棘

等待我走过时,再次扎疼我

无意中的疼,牵连着故乡

聚少离多,而我放不下的是小站台

它是我简单的行李包和一张车票

是我站了几分钟后

不情愿舍弃的点滴时间,那点小阴影

是温暖的也是细致的,带着

我无法触摸到的空白

在同一地点曾反复地上演

团聚和分离,是一直延续的地方

是一列车刚刚起步时的震动

我很难辨识到那些枕木

每震动一下,就带着

一些旧情感,慢慢地划走

惊蛰

微风擦过脸颊的轻柔

带着初春的味道

之后,我只选择了

不像我的顾客

就像我窗前的那些树叶

细节不需要描写,也开得那么好

我还是喜欢自由地行走

那种来去自如的身形

在无法阻止的界面一尘不染

仿若一枝悄然的桃花

已替我梳理存在的秩序

哦,我期待的另一些东西

还在雪下积攒着力气

月光之夜

月光压下来

内心依然保持一点冷

在碰到树梢的瞬间,有了阴影

我无法保持的个性

在现实中分解

笑容僵持在一朵花上

之后,有露水打湿局部

多像我想家时的眼角

无人看到的角落

柔弱宛若一片雪

窗

光,照在窗上
就像照在我最小的世界
每天的窗都被我忽视
可总是让我望远
雪和雨水,还有风
透过玻璃时
有温度也有亲切
就像我母亲的眼神
不远不近地递送温暖

谷雨

小麦抽穗时
我看到了蝴蝶和蜜蜂在院墙边
母亲的背影闪过,这个镜头
已挡不住盛开的槐花
大槐树下那个娇小的身影,是
我的母亲,她正把春天收进篮子
多么恬静
我看到一朵槐花正落在她脸上

那时候

那时候,你在。青草也绿着
你喊一声宝贝,花就开了
日出后开始期待黄昏
期待一片云,闲闲走过裙角

而一朵花坠落的样子
多像你走过再未回来
粉红色的蕊在黄昏里招摇
你纯纯的笑,只是一个酸涩的春天

那时候,你在。梦比雪白
那个追梦人在清早起舞
挂在树梢的雪还是那样晶莹
调皮的羽毛凌乱地舞着
整个世界一言不发
捧起那雪白的雪,像捧起整个冬天
白雪的白,让你无迹可寻

爱上雪

一场雪走过的路

试图拼凑起漏洞百出的冬天

松柏常青

一起走过的日子

在记忆里

我企图用文字缝补残缺

跳动的诗行里

寻觅我爱上的那朵雪

想一个人的时候,不能说

就一遍一遍数着雪花开了又开

再见,南京

离开南京时,没有送别
和友人来不及挥手
那条公路
把我送出了热爱并留恋的城市

路旁的白玉兰,开得正好
花香弥漫整个旅程
让我想起穿着马面裙的小仙女龙秀
好像秦淮河畔行走的光

沿途的风和我一样记不清
和文朋诗友在一起有多少精彩瞬间
阳光默默披在身上
路旁的柳和我一样没了精神

自白

学习驾驶多日

将满腹的期待,小心翼翼地汇成

科一的圆满,科二的劈星斩月

只有夜晚才能放飞紧张的心情

在所有人入眠的深夜

伴随时钟的嘀嗒声

教练讲过的点位

独自回放

总是要为自己的目标付出代价

希望和绝望交替生长

风雪中的玫瑰,独自盛放

不输给温室里的百合

汗水和信念

已助长我的勇气

像一朵深冬的梅花

即使无人问津,也要独自盛开

在黎明到来之前,亲吻最后一朵雪花

站在枝头吟唱

像极了最初的模样

晨光

我看到麦芒上的水滴

在晨光中搁浅

那个漂浮在上面的倒影

有些不好把握

再次把目光投向

屋檐下的燕窝,是它们打破沉默

此时,阿婆安静如一件陈列品

没有离开的迹象

是一只燕子把晨光引进

就好像主人不在时,它负责

在寂寞中,将我们的目光

锁在一个秘密里

手指上的闪电

我要对所有人说

内心炙热,像夏天午后的阳光

一棵香樟树垂下高贵的头

叶子间互相碰撞

我在蝉鸣的喧嚣中翻过身

这时有一道闪电掠过

那是我手指的方向

你披着霞光

从我经常失眠的梦境里走过

走得很轻

没有惊起一丝尘土

夏日感怀

在一亩荷塘遇见你

和盛开的莲花,竖起的莲蓬

仿佛高尚的部分

显圣于夏日

我们彼此珍惜

把对方认作爱的人

在一首诗里,有雷同的忧伤

有时要听懂一些弦外之音

才能听到花开和流水的去向

岩石

这些嫁接在假山上的石头

好像成子湖的仙子

它们像我一样有着最普通的面容

和温柔的性格

它们攀爬在高处或者低处

在风里静默

它们省略着天空和土地

在流水中复印自己

浅睡眠

怀疑自己会功夫
一会儿可以有几个翻身
没有鞭子抽打
到处的羊群,总是数不清楚

月亮从窗台爬上去
小路亮了起来
不怕冷的雪孩子一遍遍数星星
一声声犬吠唤醒的夜灯
被风一盏盏熄灭

偷偷溜出来的雪花
不知怎么做到把黑变成了白

流星

流星,像一个闪电的碎片
暴露在我额际
它拖着长尾巴划亮黑暗
那是它的自由
在光年中享受小小的幸福

我想留住它
在心里哪怕是一个私念
在它流逝的背影里
做一回虔诚的信徒,默默祈祷

三八线

天空蓝得像才染好的布
偶尔划过几朵刚刚净身过的云
好想感觉一下
是不是有棉花糖的甜味

一抹深色的蓝浮在眼前
记忆停在云朵一样白的衬衫上
那年我们十岁
在桌子上画三八线,涂蓝墨水
少年的眼神如温泉
看一眼就会落入深渊

雁阵

秋收了,他们仿佛雁阵

我听到庄稼被收割的声音

那么小的身影,在迁移

在别人眼里只是一种装饰

而他们张开的臂膀

在汗水里,在别的喧嚣声里

暖水瓶

暖水瓶在茶几上

声音和水逐渐安静下来

它以最简单的方式

融化杯子里的糖

如果不满足

腾出体内最后的温热

把仅存的一点温度抓在手心

断章

是桃花粉了流年
三月的烟雨里,你一袭白衣
乌篷船已载不动花香

那穿过雨巷的姑娘
手里的油纸伞,散发着忧伤
仿佛多年前,我拖着拉杆箱
匆匆离开

看一艘小船听从秋风的指令,将要
并打算凭借冲动,驶进远方

以后的岁月

如果秋天是一道分割线
希望花开叶绿,包括果实都放在将来
不让皑皑白雪掩盖期盼的目光
凛冽的寒风带走所有温度

那株紫薇依然站在街角
仿佛是离开时的模样
枝头上的树叶被几只麻雀安抚
开得正好的花指向天空
像一群失语的人

没有什么是放不下的
白雪的白和藏在暗夜里的黑
在凌晨的光亮里,一样安静

秋天的第三首诗

晚风跨过山坡

那个燃烧过的火球

逐渐失去热度

小山早已习惯头顶的皇冠

稻田和河流逐渐褪去金色

未曾亲吻过的星星开始探出头

这时走出门,天空多么美好

于是开始思念黑里的白

和白里染过情愫的黑

如果写诗给你

第一句挂在树梢的月亮

如何羞于表达,躲进云里

再写彼岸花的相思

思念的另一面仍是思念

处暑

八月的风像巨大的画笔

缓缓扫过原野

天空,云分布在蓝色幕布上

仿佛把我拉进一个牧场

到处都是羊儿

这是一幅秋景图

我仿佛停留在少年时代

大片成熟的高粱,像喝过酒的父亲

而我则是低头的谷子

安静地听风声

如何让远处的羊群靠近

背影

不平路面上的晚祷

在他眼里

那永远是他的异乡

露水一样

为一个漂泊人做了洗礼

啊,多么安静的夜

星星们醒了

风,在湖面

一浪追着一浪

他在长椅的潮气里

低下头来

夕阳拉长了他的身体

转身

童年,父母送我读书

从乡下到县城

我趴在父亲的后背上

后来,我坐在自行车的后座上

搂着父亲的腰

唱着比糖还甜的歌

那时,高粱举起的火炬

在我内心比路灯还亮

我跑在父亲背卜的青纱帐里

跑着跑着,秋风

这趟高速火车把我送到了远方

现在,奔跑的孩童不见了

站台依然在孤独中,再没有转身

凌霄花

它攀爬在铁栅栏上
小喇叭花吹起的早晨,伸到
我还未备好的小小沉默

我怕看到它被雨水打湿的背影
像极了钢管架上劳动的人
风吹不动的汗水
只取出部分还给家乡

我想说,它的红点
已是我手指尖上的重心
不论一朵还是几朵
对着天空之城

蝉鸣

夕阳落在一节树枝上
水一样的蝉鸣,正清空树林
绕过森林湖的一棵紫薇树
在一朵花的阴影里打开夏天

用过的音质在枯枝上
指向小小的天空
蓝色的小幸福

其实,我也不想错过
万蝉齐鸣的江南
迫不及待拿出收藏多年的风声
在一枚夕阳里拾起故乡

第二辑 夜雨寄北

夜雨寄北

冷,一点点深入骨髓
刮起的风让我想到,北方
玉米地做活的母亲
她很可能
只身去接那些寒风里的
玉米、大豆、高粱
现在,我远离了母亲的身影
我觉得自己是一株蒲公英
放下姿态时
就像某种情愫生成的肢体
那些飞舞或散落的种子
都附上了乡愁

稻子熟了

一群麻雀,飞过

低头的稻子

这时,稻花移交的香味

正漫过农妇的汗珠

成片持重的稻子

加重了农妇忘言的姿势

天空真蓝啊

我没有顾忌别的存在

蒲公英

蒲公英开在五月

这个试图漂白的青春季

她们在路上追风

也追夕阳

她们轻易就跨过一座山

多像人生

没有什么是放不下的

蒲公英是最软的泪水

蝴蝶

蝴蝶翅膀上的阳光

闪亮了斑纹

它不一定逃进庄子的梦里

只是在一朵花的边沿

抵达童年的去处

秋风中的蝴蝶

已褪去精致的外衣

像落定的尘埃

玻璃杯

小雏菊在杯中伸展
像只黄色的蝴蝶

我的爱人
在一个静谧的午后
将你转到我手中
带着体温的爱
安静中没有一个词可以代替

在一棵树下

在一棵树下

听树叶落下的动静

微风掠过小草上的阳光

有时,我看到含着露珠的背影

像极了我

在零碎时光里拼凑自己

哦,黎明前的钟声

敲响那么黑的夜

也可以收到几盏灯火

劳动的人

她忘记了回家吃午饭

蜷着腰像一朵移动的小雏菊

把更多的花生放在篮子里

她亲手把晨光搁浅到日暮

最后一点光消失在七点钟之后

风掀起花生上的阳光

然后,她笑了

寒露

视野里一览无余的黄色

拿走很多秋天的颜色

风划过树梢时

静寂中的田野献出

宝贵的部分

玉米、高粱,低垂到

持重、庄严

和我有同样的燃烧

而弯着腰裹着红头巾的母亲

她要赶在别人之前

收割起草尖上的黄昏

柿子红了

就像挂在枝头的红灯笼
亮在艺术的简笔画里
我已摸到被包含起来的甜
那些甜是红色的
像垂挂的生活,自此
我的目光没有离开
而,那只站在阳光里的黑鸟
我多想捉住它

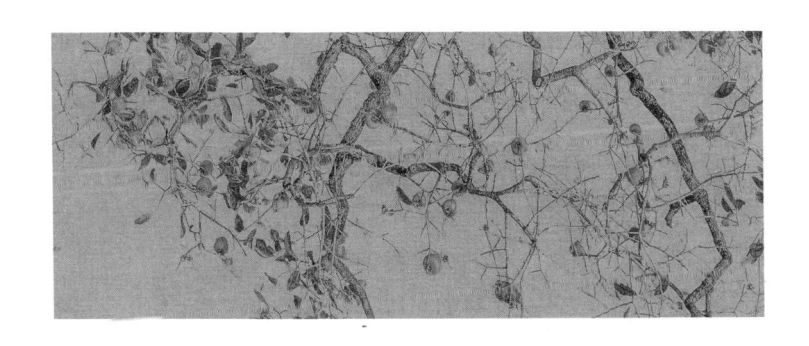

一滴晨露

儿时,在一株芨芨草上寻你

你晶莹的浅笑

为你着装的风影

我在梦中低语

与一缕乡愁的恋情

在异地,也有一隅天空

可我还是想随薄烟潜回童年

浸润一个春天

流沙

你在指缝间溜走,脚步瞬杳
在季风里,迷失方向
你是流沙
赶不上南飞的雁群

你趁着小南风追随一朵云
八月的蝉鸣依旧响亮
广场上的青松比去年还高
月光落在一片叶子上
将你掩盖

十月

那只喜鹊没有发声

我像准备蜕变的蝴蝶

风翻动着叶子

我掰开了花生壳

落日,穿过花喜鹊的窝

田野的果实,已落在我手上

钥匙

钥匙在他手上
急于打破此刻的沉寂
并忽略一把锁
是怎样走完的一生

来不及伤感的孤独
在门上
有一种隐约的声响
已落在父亲头上

一块糖

我常常翻开影集

把一块补丁锁在旧日的相片里

每看到一次

都会感到一双手

有目的地抚摸小小的创伤

目光定格处,那盏油灯

那份潜在暗夜里的光

让我不得不交出体内苦涩

走过乡村的人

许多人在节假结束后离开
山野的寂静里
风摇动一株古老的柿子树
那些红得像灯笼一样的果实
现在,被捧在我掌心

最亲爱的人

站在阳光的低处

将堆积如山的坏心情

一点点藏起来

她只是把要给儿女带的东西

重新整理一遍

在一个黄昏里

汽车快速穿过青纱帐

发出落叶与地面的摩擦声

没人在意

母亲心里断裂的疼,她一言不发

野草

野草在晚风中摇
我想到了千手观音
并咽下企图高喊的口号

现在,我呆坐在长椅上
与一株野草保持对立
叶子上小小光辉
多像我小时候
叛逆时的,那种肆意

经过

通往村口的小河

一直在门前

鱼儿,也是过客

风是闲不下来的孩子

它反复擦拭一块大青石

现在,它跑累了

徘徊在庭院的老槐树下

母亲也老了

不再去河边,而是

用手绢拦截脸上的两条额纹

怎么也擦不干净

晚秋

玉米地像整齐的诗行
收割机的轰鸣声在村西头可以听到
太阳这个调皮鬼,卸下热度
开始躲到山那头
母亲喊着乳名,燃起炊烟

收完这片玉米,还有涨红了脸的高粱
他们是村里的火炬手
为秋收呐喊助威
最低调的是那片谷子
低着头,已选不出最好的一个

此时,一些流浪的风也跑回小村庄
他们抱住村口的柿子树
火红的柿子,陷入了沉思
村庄太小,再也装不下太多回忆

雪梦

我听到雪落下的声音

看到许多雪蝴蝶飞舞的景象

几片树叶在风中独自凌乱

一会儿又安然自若

我想,它们一定是为雪花驻足

在另一棵树旁

雪花代替我的想象

一群逆行者,带着热情奔跑在黄昏

雪花落在头上,小脚趾上

说不清雪花的温柔还是他们的预谋

我看到眼中的光和脸上的笑

和闪光灯一起亮着

半截诗

丢在墙角的落叶

多像被打乱的寂静重归一处

所遇到的事物

让我在这秋的凉意里

找到回旋的加速器

纸笔交付给时间

没有足够的仪式感

像落叶用另一种方式存在

在阳光的最低处

蝴蝶向秋天做最后的道别

没有留下什么

岁月静好,有人听到

落叶和地面摩擦的声音

哥哥,请唤我小丫头

花开花落,注定会有遗憾

有时,更像我的坏情绪

在身体里挣扎无法驯服

在哪个提及海拔的聊天中

写下一米八五

在异乡,把所有友善的人当朋友

把别人随口一说当真话

我的内心已积蓄太多的白雪

想法多了,想说的越来越少

多少年了,想念哥哥遮风挡雨

再大困难帮我挡着

犯错时,只管拍下头

再唤一声:小丫头

以简·爱之名

野草一次次被秋风收割

倔强中重生,站直腰身

在灰色的天空下,呼喊

将爱消融在茫茫黑夜里

信念是无声的陪伴

将湛蓝交还给天空

露珠成为最小的缪斯

拯救眼中的泪水

如果回归桑菲尔德庄园

眼睛再次被水淹没

教堂的晚祷在西风里放逐

遗失的东西将在朝阳里慢慢被找回

歌声

战火蔓延,硝烟未停止

有些声音不能隐忍,哪怕轰炸声替代掌声

不知道做错了什么

走不回教室,无法在早点的香味中梦醒

失去茵茵绿草,听不见嘤嘤鸟鸣

只有不断的轰鸣和满大街生命奔跑的脚步

一个十岁的孩子站在残垣断壁中发出天籁之声

伤口那么深,还要再撒盐吗

人间花园,哪经得住这战火纷扰

伤痛恐惧,她和她的四十个伙伴

在支离破碎的家园之上,祈福宁静

秋天的街道

在秋天,黄蝴蝶落下来
在秋风之后
落向更远的地方

街道上,我识别车的标志
不能完好地识别楼角和屋檐上
相对安静的晚风
再次,摇醒忙碌的人

夜幕,路灯亮了
我无法正视广告牌上的麻雀飞走
离开窗台,在一盆百合花的香味里
开始和秋与黑暗抗争
从来没有想过离开
并进入另一种想象的生活

露水

在清晨,见识你美的一面
它们落在摇摆的叶片上
和阴影纠缠不休

阳光洒在谷子地里
母亲穿着她的花褂子
汗水滑下来
母亲,我多想幻成一颗露珠儿
在你干涩的嘴角,落下深深的一吻

落雪

我听到雪落下的声音

风中凌乱

我想,它们一定是

此种表达方式,让我

看见一种殉难之美

雪花,失散月光的羽毛

我也打开手掌了

它们带着奔跑的黄昏

拿出晶体撞到墙上

在一时间凝聚起的光

和我脸上的笑,一起亮着

高粱熟了

高粱红了

像高举的火把

我想：它燃烧的

不只是希望或一个远方

不只是在我遇见它时

无法避开的红色的疼痛

那是来自母亲的镰刀

收拢一夜的梦

是我小时候

驴车上的高粱秆

滚动的清晨，那时

我躺在车上捧着棉花糖

空巢

夕阳燃尽的屋顶

在彩钢瓦上闪着金光

他的两层小洋楼

在小村中那样明显

偶尔的咳嗽声打破沉默

那是张大爷

积攒一辈子的梦里呓语

现在,他一个人

听风一遍遍叩打大门

读我诗的人

给我一方净土
我要耕耘忧伤、快乐还有小脾气
也会打开一扇窗
分享阳光雨露给你

打乱季节更替,春天种雪
收获一树晶莹果
捧在手心里,让甜直抵内心
部分的苦果留给自己

如果你愿意,也会揭开伤疤
让月光圈养的乡愁分一点给你
在这场相遇中
忽略时间带走的东西

无风的黄昏

光的碎片撒在玉米地

陌生的事物变得亲切起来

像过滤的筛子

湖面成了天空的天空

芦苇是唯一的风景

指向的幸福

离自己想要的越来越近

我看见一处波纹

刚好落在另一处波纹的空白处

在城市的任意一处,或者

在一个稻田的想象中

我觉得有一种正直

在事物距自己最亲近的地方

车轮

小时候,父亲推着独轮车
月亮圆得像滚动的车轮
在草垛旁……

离家多年
我只想念那晚的月亮
与父亲的车轮一样,在家乡
我像那独轮车的车辙
不会落满尘埃,只落泪水

现在,车轮在记忆里
就像父亲的越来越低的瞳孔
那一夜,我仍读不懂某个存在

一壶酒,慰风尘

打开刘伶醉,酒香飘散

仿若九天的仙子

正宗的纯粮酱香

蕴藏着河北人最纯良的性格

土生土长的粮食作物

在低低的风里自说自话

发出健康的气息

她们爱天空,爱泥土,爱沟渠里的流水

短短的一瞥,53度的炙热

一杯接着一杯,就像获取幸福密码

护送到云端

有人在刘伶醉的酒香里等我

好像等了很多年

这时候,忽然想编一个花环

我想做戴着王冠的女王

后来

1

还会想起那棵丁香树

那些叶子,树下读书的小男生

翻动的书页和不安的脚步声

之后,没有他的消息

离开那片土地和曾经放牧的风

梦中遇见停在树枝上的那只蜻蜓

飞走,再没有回来

2

丁香花像一簇点燃的火柴头

路过的风,波澜不惊

花,开了落,落了开

人,来了走,走过又来

耳语,都很轻

一纸月光

不管落在床前还是柳树梢

解读不出月光的全部

单薄的乡愁无法撑起月夜的沉重

却代替我抵达思念的深处

置身于湖面，随七月的风荡漾

高过青春的梦想也高过城市的喧嚣

在一枚新月瘦弱的情丝里，屏住呼吸

月下独酌，情到深处有几次不能自已

或读诗或画眉

一钩弯月成为满月之时

仿佛坐落于古典的乐曲中

那是第几页的江南

织女庙的钟声敲响几遍

还是不能听得懂梵音

直到月光照在身上，多像一朵玫瑰

独自绽放

晨光

我看到麦芒上的水滴

在晨光中搁浅

那个漂浮在上面的倒影

有些不好把握

再次把目光投向

屋檐下的燕窝,是它们打破沉默

此时,阿婆安静如一件陈列品

没有离开的迹象

是一只燕子把晨光引进

就好像主人不在时,它负责

在寂寞中,将我们的目光

锁在一个秘密里

那一朵花

漂浮在水面的影子

变得不好把握

那时,我再次把目光投向那朵木棉

安静如一件陈列品

此时,也不会介意这样的标签

慢慢揉进自己的身体

它纯净的白,如同才经历过一场雪

它在无尽的寂寞里,将目光

引向一个神秘的空间

半个月亮

天黑真好
关闭锈迹斑斑的天空
九十多岁的外婆拄着拐杖
站在院子中间,咳嗽
微风轻拂她银色的发丝

目送迎接,她一生还未抵的尽头
半个月亮爬上来
我看见她的银发飘动

七夕

画一条江,载一只船

横在鹊桥下

夜空装满星星

老房子空着,期待有人从桥上走过

桥下紫水微澜,用盛开的花来记取

相聚和离散

我喜欢故事里明亮的忧伤

双向奔赴的爱

滋养身体里的玫瑰和百草

弦月如钩,谁在撰写纸上江山

有关的蝉鸣和风声,听不见

总有人去打捞

不谙世事的圆满

我看见

我看见天蓝得透支了三月

云,低到你低头的一刻

仿佛一伸手就把云揽过来

足够,让春天之花的妊娠纹

在阳光下含住无限寓意

好像你甩开的水袖般蝴蝶的翅膀

哦,十六岁多好的年龄

还没有站稳

花儿已吻向你的石榴裙

多像在花丛中的舞蹈

白色的汉服似一树樱花欲燃

你拎着裙角小心翼翼地踩着春风

在薰衣草顶起阳光的时候

你说:"海是紫色的,云是那香气"

自我认知

当南风路过门前的树叶

惊扰沉思的鸣蝉

那些看似整齐的树叶

发出不完整的叹息

像在朗诵一首唐诗,韵律整齐划一

哦,这个夏天和我有关的

除了看店就是读书

身体和灵魂总有一个在摆渡

如一根羽毛在风中颤抖

总想在生活里解锁点什么

却如同一个胆小的孩子,不敢妄言

第三辑 归期若梦

星期六

星期六晴

驾校的天空无云

几朵花零星地开着

不知是杜鹃还是月季

不开车时,只有我在关注它们

教练要求慢和稳

整个下午,在路上前进或后退

回家的路上车很多

公交车在车流里穿行

月亮比路灯先亮

看西风把一个个忙碌的人送回家

空房子

没有人气的老房子只是个空壳
阳光会融化小剂量的雪
更多的雪隐匿在门前的草丛里
野草,和我一样卑微
只是我略高了些,丢掉了
那分归家的疲惫
一面墙到底吸纳多少痛
才会让墙角的梅花开得动人心魄
偶尔路过的车
会把空房子照得通亮

我踩碎的一枚落叶

看着一枚树叶匀速落下
相信我是第一个发现它的人
晃动的身影像落在高压线上的麻雀
高悬的五线谱
伴着蟋蟀和秋虫唱出最后的歌
多想做一个背叛阳光的人
踩碎叶片,就像和从前告别

此时,微风轻拂树干
像我想念你时的不安静
无数的叶片滑落在我的单车上
它们穿过车轮
在浮尘中发出低微的声音
我看到清洁工人用最温柔的动作
没有人注意到
一枚破碎的落叶,被推进更深层的阴暗

东风

它从指缝穿过时

我的手指,才像枝条

返青,膨胀,聚拢阳光

村庄飞来扇动翅膀的鸟

什么都像它的羽毛

什么都在转身

它轻,唤醒雨水,和春芽

没有它解不开的绳结

融不了的冰

春水,就这样流过干枯的河床

幸福和暖,一下子

靠在万物的肩膀上

三月的早晨

像刚开始,摸到一些名字

很想重新写一遍

我曾这样送走寒冷

迎来发芽

一次次说服路上的石子

回到原来的位置

或者跟着时间的列车,消失

还一个早晨给我

我摸到我的名字时

光,正慢慢打开包裹

慢慢驱走我身上的一场雾霾

一树花开

它低到了马路牙子

依然开得热烈

每一层都散发出香气

和风交织在一起

还没有叶子陪衬它洁白的颜色

站在树下,作为它忠诚的欣赏者

我会联想到,一些人

活成花朵,一瓣一瓣叙述寒风

静水

它沉默时

才容得下天空翻卷的云

它淡然,平静,有很深的眼睛

像镜子,对待坎坷、不幸

不对比,不分类

又不忍心丢下一草一木

它在听,一个失意、默不作声

且表情凝重的人

会有怎样暗流涌动的内心

在安镇

在安镇遇到旧人
雨水也是旧的,像曾撕裂过的衣裳
伞下的眼睛
连接了彼此的天空

这时的天空,很低
一直低到脚面上
没有语言
只能听到雨水落在雨伞上
不停地发出声音

要表达什么呢
水泥地面,把两个不同的人生
装在小水花的世界里

回声

落光叶子的梧桐
喜鹊窝是最明显的标签
这个秋天有些不近人情
戴口罩的人面无表情
冷横在人与人之间

比起都市,我更向往大山
我对大山喊
大山给予我更多的回应

轮椅上卖气球的小男孩

夏天的热浪,一浪高过一浪
柏油马路是一块加热板
天空被打扫得干净,风里没有忧伤
紫藤花下,一个卖气球的小男孩
电动轮椅上一张微笑的脸

偶尔飘落的紫荆花就是一个赶路的人
在路边等雨
花越落越多,看到轮椅上的眼睛
在天空下满是泪痕
他说:不想看到一场雨把秋天推得好远

卖气球的小男孩
电动轮椅是他的双腿
未开完的紫荆花,在夏日
我看见他的手

不住地左右摇摆
而,他头顶上的气球已装满期待

春之声

最后的雪

在屋顶的瓦片上

滴答声中的光

跑出很远

我看到屋檐悬挂的冰帘

抑或对立中,我的指尖

如果阳光洒下来

马路旁边的紫藤树

会在雨水中梳理

我只觉得有一种声气

在潮湿中慢慢扩散

可我读不懂风,就像

读不懂一株风信子,似撑起的耳朵

它,仿佛在听到处破格的声响

深夜是一种塌陷

夜让每一面墙都安静成镜面

每一面镜子都倒映着

或喜或悲,含着各种表情的梦境

每个表情都在追寻柏拉图似的温暖

夜在继续深陷

街角的教堂敲响沉闷的钟声

忏悔者们开始为自己忏悔祷告

这时我觉得自己也是一个有罪的人

夜还在往下陷

一只停留在房间里的萤火虫

体会到自己世界的微小

在捕捉镜面的棱角

九月

风吹着号角

青纱帐中举起火炬

这不是叛逆,是一场新的暴动

火的节日,火的性格

正穿越层层秋水

抛下寒冷,温暖直抵内心深处

许一场诺言,待大雁南归之时

时间从指缝溜走

有一种执念于心,任秋雨绵绵

在这长长的诗行里

留下影子,并写下

九月,属于海子的九月

一阵呼喊声穿过高粱地

浩瀚长空,哪里才是驿站

有的人注定孤独一生

而我只想要在天黑之前闭眼疗伤

野草书

秦淮河的风

秦淮河的风一遍一遍吹过

那是秦淮河水的涟漪

是岸上的灯笼在水面上摇晃

在春天,手提灯笼的女子

她藏不住眼里的花开

秦淮河的春风是甜的

拂过时,脸上有含着糖的笑

那风中热闹的叫卖声

让落在水里的星星忍不住摇摆

八月桂花香

那轮明月还在,满院的桂花香还在
传说中的嫦娥还在翩翩起舞
杯中的酒已经习惯了沉默
月亮把自己放进去,走进夜的深处

这个季节适合思念
美好的事物都遗失在路上
花盆里,还生长着期待
我想告诉他,体内有一条河
在日夜不停地流

隐藏起深秋的悲凉
那些丰收的喜悦,让内心悸动
我能做到的,让自己长成一棵桂树
开花,落雪

万物的祈祷

车速逐渐加快
路旁的小野花像才开了光
高傲地仰着头
那些去年开过的彼岸花
像死而复生的婆婆

她躺在病床上
旁边的仪器保持警惕
嘀嗒嘀嗒的声音和心跳一致
像这样,在充满消毒水的空气里融进无限的渴望

此时,床头的百合花
安静得像一位牧师

八月帖

阳光逐渐变强,在炙热中
有了秋的味道
挂满果子的枝条显得沉重
几只秋蝉的鸣叫被搁置
一棵苹果树上的果子正由青变红

雨沸腾了街市
旧时光与玫瑰花被安置放下
时间慢慢溜走,路灯下的垃圾桶
安静得不像是才收到花的小姑娘

我有大把时光和我的小猫独处
聆听越来越近的钟声
打开门窗,有风经过
夕阳如一个红苹果慢慢落下来

海棠花

垂丝海棠垂在雨声里

那种暗红

是我想家时的一滴泪水

弯弯的枝头上,海棠

夜色比我先一步

慢慢吃透了那种面相

下一分钟有什么

它会背着落雨走去很远

在那地方我可以哭吗

立秋

天空像擦洗过的地板

蓝得纯净,把一朵云捧在手心

有风从身边吹过

惊醒绿化带里的紫薇花

成就了刚开始的秋天

旧情绪的单车停靠在站点

像一枚树叶放弃了挣扎

人到中年,不做逆流而上的鱼

一轮满月不足以慰藉乡愁

只是想到一生后悔的事

月光就落满窗前

一张废纸

小时候,母亲站在身旁

手把手教我写字

横平竖直

一张纸被温暖着

现在,纸是风中飘落的树叶

在深秋充满忧伤

也像一块丝帕,紧贴在手心

曾拥有又好像没有来过

而地面是超大的一张

我摸不到它的边沿

怕被卷入,被一点点吞噬

打麦场上的月亮

月光洒在打麦场上

不深不浅,那时

我看见草垛上的月亮

在麦香里,是一朵暗花

和一个戴草帽的人

被同化的缄默

可父亲正蹲在麦场旁

像古希腊的石雕

那时候,我小

月亮与我一样小

后来,我在城市的一角

数着一茬一茬的月光

旧手表

一块老式的机械表
曾经是我的挚爱
多少个日子,朝夕相处
现在它安静地躺在置物盒里

拧几下表轴,秒针开始快速奔跑
像我读书时忙碌的早晨
像工作时奔跑在黄昏
嘀嗒声打碎心里小小的沉默

时针好像是不动的
其实它更像疲惫的中年
风吹不干泪水,苦要忍住
面对家人,时常取出少许的甜

旧时光

允许诗句提及从前

那些豆角,喇叭花依然悬在栅栏上

母亲在门前种上的花草

从没有登录账本

我只看到相册里眨着的眼睛

老黄狗和母亲

总藏不住清瘦的身影

允许诗,铺陈在我眼角的记忆

渐渐听取麻雀翻唱的红屋顶

多想再遇见一盏豆灯

环卫工人

她从门前走过

捡拾垃圾、废品和落叶

把寂静归拢一处

堆积好阳光

在不为人知的背后

她只是做着分内的事

一身黄色工装,好像一道光

在清晨、午后和黄昏闪过

更像一片漂浮的黄叶

用另一种方式

在最低处飞翔

五月断章

在蓝色的幕布上,写下诗行
柳枝在平仄间摇摆
栀子花是落下的韵脚
黄鹂鸟在歌唱一首醉人的歌

歌声穿过广场
风筝扭动的线牵动童年的时光
那时父亲很高,带着我奔跑
遍地的蒲公英开得正好

现在,我成了一只风筝
飞在他乡之城
父亲静静地
独自面对整个天空

绿肥红瘦

垂丝海棠被雨水清洗得碧绿
一夜的雨淅淅沥沥
海棠花落尽,昨夜的泪水
流到现在

将心情调剂好
你就是我眼里的一株海棠树
偶尔争吵,可以哭
但是不妨碍与黑夜交换温暖

怀里的云朵

那是生长在故乡天空之城

安静的云朵

是风让她有了生命

每次经过身边

都能感受到来自亲人的问候

云总是以不一样的形状出场

放开想象,每一片云

都有自己的故事

那靠近我的,想把它拥在怀里

想家时,对天空放歌

云朵始终保持沉默

它会拿出最阴暗的部分

每一次,我都是一场小雨

和自己走在大街上

每天重复走在家到门市的路上
如果不出意外的话
准时八点到门市
打扫卫生,开电脑泡一杯茶

看一朵小雏菊如何绽放自己
像一个小情绪的我一样
把自己压得低一点
再低一点

在茶杯的影子里打开一本书
老板不像老板,文人不像文人
明明骨子里的是东北女汉子
却有人偏说我像江南小女子

另一场雪

听说老家又下雪了
铺天盖地的白装点一草一木
还有雾凇挂在树上
在我的家乡,这样也不张扬

老公问我为什么那么喜欢雪
不想做多余的解释
十二岁那年就有了笔名雪梦
喜欢诗歌的人,怀揣着
一场雪

远离故乡的日子,想念一片雪花
可以遮盖背叛,欺骗,虚伪
背对着满城的灯火
我一直在等

野草书

梅花

最早来的是那些穿着花裙子的女子
路过就想抱抱,沾一些香气
她们飞起的裙角,揭开不一样的春天
想到小时候,盖在锅里的梅花糕

空气里弥漫的香,醉了刚醒来的春天
拍合影的时候,忍不住吻一下
爱要先学会微笑
那场雪经过的消息,一字没提

那场雪是为谁来的,没人知道
只记得雪很白,梅很香

去草原

草地是敞开的
叶子的小手熟读一片流云
三两只蝴蝶是梦给予的
带着青草味

一排排浪花向我掀来
是谁将天空一页页打开
湛蓝是它给予的
风已修剪好一片完整的云朵

现在,分不清
哪一株草是最先看到的
依然匍匐在脚边
而我像一颗无处安放的水珠
时起时落

野草书

熊猫赞

你以星子和白雪为装饰
所有的美好与你同行
你是大自然的宠物
纯纯的白雪是你的花色
黑白分明是你的性格
你的温顺,堪当儒家的典范
悠悠翠竹滋养中华宠儿

该怎样爱你,移动的活化石
哦,在睡梦中点赞你的名字
黑夜里,以星星的名义
指认竹林,淡泊平常心

水墨阿坝

喜欢雾蒙蒙的江南

悠哉的雨巷

那个撑着红伞的姑娘

梦里的乌篷船，扬起的长斗篷

喜欢氤氲的江南

小船载着歌声，微波荡漾

你的嫁衣，你的长水袖在清风中起舞

爱着的人，哪怕万水千山

相隔着的只是一个眼神

那座静默的小桥

流水悠悠又带走几许深情

隐隐的话语，让夏天多了几许诗意

微风激荡不起山的柔情

绿水陪伴着青山，唯你的一点红

为丹青添上不浓不淡的一笔

夏日

金光菊开得和去年一样灿烂
向前,朝未知的方向摇摆
和路过的风那么合拍

合欢花撕去五月最后一页
而我的心还停留在去年的夏天
喇叭花爬上屋顶的时候
生活只剩下风和雨

桃花开

花开的消息,不胫而走
桃树下坐着的情侣
他们促膝而坐,对视
彼此的眼里是盛开的桃花

摘一朵,戴在头发上
感觉整个世界都捧在手心
她在,水和月光就在
她在,快乐和幸福就在

给一场花开,足够一个人
应付内心多年的雪

流星

流星,像一个闪电的碎片

暴露在我额际

它拖着长尾巴划亮黑暗

那是它的自由

在光年中享受小小的幸福

我想留住它

在心里哪怕是一个私念

在它流逝的背影里

做一回虔诚的信徒,默默祈祷

九月的夜幕

我在小路边看落日,看

一棵柿子树,仿佛佩戴了徽章

一阵风吹过来

我看见金色里的稻田

拥揉着远方

那是落日的帷幕

在一台收割机的咬痕里

那时,我只是过路人

像一株野草,在光辉里独舞

我写夏天

我写夏天,写荷塘月色
写月色下开得正好的荷花
写满塘的星星在蛙声里舞蹈
几枝划出水面的莲蓬,正指着天空

我写夏天
写抚摸过脸庞的风
写风拉着老家门前的大杨树
杨树花声讨着闹市和乡村

我写夏天
写母亲如何呵护一株麦苗成长
写麦芒如锋利之剑指向劳作的身影
一朵云飞来,停下脚步

珍贵的人间

月亮躲在草堆旁

几朵未开的棉桃做着旧梦

大黄狗慵懒地半睁开了眼睛

听着小村多事的冬天

北方的雪,一场盖过一场

不断加厚的被子,挡不住李婶心里的寒

从查出癌症晚期那天起

她小心收起心事和不快乐

在雪地里行走

她怕再不走,前面就没有路了

李婶不再多想

她想看到每天早起的太阳

大黄狗追赶家旁多嘴的公鸡

听着老头子熟悉的鼾声

第四辑 北风之恋

小巷里的月亮

挂在柳梢头的时候

影子就跟在身后

把小巷填得满满当当

老掉牙的围墙上

挂满你,水一样的歌谣

在氤氲的炊烟里

母亲把等待　放在热锅上

假寐的老黄狗,习惯了唠叨

这声音常跑到村口张望

小巷里的月光

点亮一条回家的路

一枚橘子

一枚橘子

我叫她小青

一个小人物的出场

无关人群的表情

应有的自尊

必须小心地剥开

她的体香打开时

找不到唯一的证人

小青被咀嚼　一点酸的

我说　我流泪了

在一枚橘子背后

春夜

流云的眼睛

含糊不清,抑或

一位过客

梦搁浅,这个夜晚

又温柔一段

月光的忧伤,倒进时间

影子,和我一样

有匆忙的梦呓

间或隐隐作痛

老乡

谁把一粒种子

原始的基因唤醒

让积攒下多年的乡愁

生根　发芽

遇到你时

看到草尖上水珠在滚动

不发一点声音

如同多年前的远走他乡

话到嘴边,还是不敢说

斟满的高脚杯

总有一双手把它托起

醉了,就把月亮扶上墙

喊他　不作声

　　　　——2017年10月2日,东北老乡聚会

花开的时候来看我

湖边鸢尾花,每一朵开出诗意

剑型的叶片直抵内心

忐忑的时候,你来了

怀揣小鹿,暗合怦怦的心跳

幸福就是花开的时候有人赏

近在咫尺,安静写诗

把自己写成一株盛开的鸢尾

鸢尾花和你

醉了流年

老屋

泥土　水　和着阳光堆砌而成
一棵小树,坚守旧时光
墙角藏着
童年时爬过的一条蚯蚓
翻动父亲跌落泥土的
梦境

夜灯下
母亲的乌丝　被不相干的蛙声
喧嚣斑白
唠叨散落成星星　点亮
我离家的前夜
踉跄步履
拖着老屋青砖颜色
润绿我一生长满青苔的回忆

故乡　每眺望一次

小木屋便靠近我三步

锈蚀的只是殷殷目光，不断

上涨的河流，提示我

我的思念又一次和它对着月缺的方向

潮起潮落

喇叭花

单薄的身躯

积攒着攀爬的毅力

胜利,像才开出的喇叭花

母亲的喊声在徘徊

早起的孩子

背着我走失的童年

每天捧着一颗心

花开白色、紫红色或紫蓝色

像漏斗怀揣远方

装入什么和漏下什么都不重要

只想将阳光一点一点搬动

直到填满我的一生

父亲的背影

我急需一把关闭站台的钥匙
我急需把我的不舍锁上

父亲,您别回头啊
如果那样,我所有的努力将顷刻崩塌
雨,不解离情
一场冷清更胜一场离愁
一声长鸣,拉开父女紧握的手

在父亲转身那一瞬
我看见
他鬓角的霜花,分外的白
如一道闪电　雷声在我的心头
在暴雨到来之前,或之后
不知是该擦拭眼睛
还是清洗离别的创伤

我怪冬的硬心肠

压弯了父亲的脊梁

父亲无所不能

围着锅台做出的鸡蛋饼

逗笑了爱哭的鼻涕虫

我的童年

骑着那辆唯有铃不响的自行车飞驰

父爱,让小姑娘圆一个腾飞的梦

渐远了

父亲的背影　成了一座桥

桥上走过的人　却读不懂桥的坚实

一袋闷烟　咳不出藏在心里的痛

唯有那坛陈年老酒

醉酒的酒,还在絮叨牵挂

失眠后的我努力清醒

以便读懂

一脸皱纹刻下的

那艰辛生活的

横竖撇捺

划破你心窝的月

冬日里的花瓣

撒落在我们并肩走过的小路上

记忆白了起来

像一张没有涂画过的白纸

白纸贴在窗户上

看不清小路拐弯处的身影

看不清自己

划过窗前的月亮很快黑了下去

这枚用旧了的月亮

像只包浆丰富的手镯

戴在我的手腕上

凉在谁的心窝里

走不出的那片海

那一年

母亲的额头,又多了几根银丝

钻心的腿疾　让她整夜失眠

父亲卖掉了门前的一排柳树

从此听不到夏蝉的歌声

更加沉闷的父亲

能读懂他的　唯有那杆老旱烟

也是那一年

接到"录取通知书"那天

你一个人跑到后山

那些荆棘和狗尾巴草

此刻死一般的宁静

你望着天空一群远飞的影子发呆

还是那一年

一粒蒲公英种子　奔走他乡

开出生命绚烂的华章

而更深的光阴里

始终装着寂寞的海

一片月光伸出慈爱之手

反复擦拭一盏灯塔

闪亮的思乡之路啊

多么温暖的方向

而你将卸掉背负已久的孤寂与苍茫

搂紧每一朵浪花送来的火苗和光焰

农家小院

一缕阳光以爱的名义

进驻小院,芽尖破土而出

视野之内,调皮的喇叭花吹响了号角

静默的栅栏,和一些云彩似曾相识

茄子秧,辣椒苗如同安静的姑娘

时不时有风经过

一只蜻蜓

在夜幕之前,放弃了奔走

丝瓜和南瓜争着攀爬

让一场雨吐出黄色的花

葡萄架下的孩童

光脚,企图用一盆清水见证谎言

萤火虫

蛙鸣宣布白天落幕

所有的树木醒着

一只手,托起含苞未放的莲花

另一只在安抚水中的倒影

在夜晚开放的

除了夜来香还有草尖上的露珠

一个让人醉倒在广场的秋千上

另一个失眠放牧星星

这是个有萤火虫的夜晚

黑暗中有好几只围着我们

忽明忽暗

双手合一

愿所有爱着的人都得到幸福

交心

这是两朵盛开的,寂寞的花朵

蜜蜂在阳光中行走,飞过来飞过去

有时碰到沉默的叶子和风细语

你一句他一句

有人想采摘,占为己有

道出三分真话

当转过身时,四周静悄悄

湖面有足够的空白

认识的人越来越多

能说话的人少之又少

总想回到无拘无束的少年

那里却无人等我

将一颗花心触碰另一颗

真诚、温暖和能力

是否有一个人愿意与我亲近

让一种感觉,直通内心

雪在梦中舞

把梦想装进行囊

邀星星去远行

南方的冬天　没有飘雪

关起寒冷的心

静坐夜的深处

酣然入梦,呢喃

多想找回远去的春天

商议,别把鲜花带走

让你的笑容开出绚烂

把挂在枝头的爱情

装订成册

飞舞在梦中的雪花

轻柔,绕指的白

如一首诗,一支曲

清空烦恼　还我一个纯净的世界

初心

相信风,飘过原野的速度

舞动的白围巾,站在通往下一站的路口

打点行囊　路延伸至远方

一抹夕阳,跌落在陈年的脚步里

和三色堇一样,开一次就谢一次

心儿游荡在乱世红尘

更深的光阴里,乡愁忍了又忍

酒杯未倾覆,已醉了双眼

不得不提及去年今日

那一茎枯荷,不忘初心

水深处,芒刺直抵暗疾

秋风落

秋风绕过山岗,和一片早熟的高粱相遇
一张张羞红的脸,被阳光炙烤
没有初遇时的热烈,摇摆不定
渐变的黄豆荚如多嘴的喜鹊
交头接耳

这多事的秋天
试图藏匿起遍地的热烈
几朵漂浮的云准备在天黑之前安抚
奔波在外的大雁
流水还是有着他的执着
停不下来,带不走的依然留下来
我在一棵柿子树的指引下
辨别方向

紫藤长廊

紫藤花开时,像悬挂的珠帘
在长廊里坐久了,以为走进一帘幽梦
花香里醉倒的人,躺在长椅上
扳着手指,数日子的长短

人到中年,也在半空悬着
什么事都很小心,越来越不像自己
一些早开的花瓣,散落在地上
每一朵花心里都藏着一个想家的人

诗梦

春天的消息，不胫而走

点燃了三叶草

和遍地的小野花

蜜蜂准备把情诗熬成香甜的蜜

不论相聚抑或分离

校园的篱笆墙，影子依旧

几只麻雀讨论着旧话题

你的笑脸映红了四月的天

总有闪电，此时经过

那些跳动在风里的希翠

在流年燃烧如火

你说应该　堆两个不甘寂寞的雪人

会有只小兽在奔跑

躲过星星　绕过暮色

思念逃不出这场雪

断树

攥紧的弯曲,等绿色覆盖柔软
舒展被月光铺开,一群飞鸟的影子
遗落几粒雀斑

先于丛林走失的一枚松果
深陷一片沙里,沉积中年的琥珀

已经漂泊的落叶
在迁徙中完成数次的辗转
也许,只是从一棵树到了另一棵树
倾斜的过往
旧伤疤紧挨着新口子
塞不进去一只鸟的光阴

灯

早开的桂花是你的一部分
杂乱的野草也是你的一部分
你正一步步走进黑暗

谁提着你走向未知
照亮窗口

我想做个点灯的人
在光亮中会遇见自己
也许　你就是一个梦的亮度
留有足够的空白

这样我温暖一点

因为离开

有太多的拾不起来

就像星星的无眠

你再次陷进我的泪光

只想听你再叫一次"傻孩子"

这样会温暖一点

你走过泥泞的风

无意的转身

全部丢弃在路上

从明到暗　不接受分别

离开时　我将更温暖一点

故乡的距离

离家的日子,一遍一遍数着月缺月圆
相册里的春天,是模糊的惆怅
不眠的夜色里,眺着远方
听风,一遍遍把风铃摇响

心绪徘徊在家门前的小路上
把思乡的歌儿清唱
蓝天白云,奔跑在绿草地上
父亲把马鞭轻轻甩响

思念是一杯酒,邀请满地的白月光
唇齿之间,风骚与豪情一饮而尽
被时间磨痛的誓言,早已背离初衷
与影子对饮,然后默不作声

望故乡

这些年,总是忍不住想你
为你准备的雨
往家的方向望一眼
就像屋檐,有倒不完的忧伤

雨滴挂在树叶上,不敢惊动它们
袖里藏着的春风吹起喇叭
叩响每一条小径
走远后,影子留在你心里

不管多少年,故乡的月亮总是最圆的
吹了一夜的风已经走远
旧瓦片还在,发生了什么
它守口如瓶

后山上的泥土

后山,其实就是个沙丘
长年流来的沙土,堆积我的童年
风中盛开的马兰花,被一场雨
洗过再洗

一片叶的妒忌
贴上封条,在北方的冬天
摇落一地银辉
有没有爱过,把冷握在手心
那些盛开的花朵,正讨论冷话题

沙丘除了坚守,就是活在一个人的意象里
更像一个故人,保持沉默

家后的草场

草场,马匹,放马的孩子

一株草的欲望,就是躲起来

在马匹和镰刀到来之前

这个夜晚是安静的

我把手伸向你

一朵马兰花的忧伤蔓延

你站在那里大声说:有我呢

一场火烧云,与往日有所不同

故乡的杏花开了

收到友人的照片

杏花开了

每年这个时节

故乡的杏花都会爬满枝头

每朵花都会讲述一个动人的故事

握在掌心的,是云霞中的笑脸

还有蒙古人悠扬的歌声

离家多年,梦中常飘杏花香

而记忆的那点白

成了乡愁里的标点

故乡,我愿成为你枝头的花儿

等待回归,或者从未离开

月亮都是圆的

这些年,不再喜欢仰望星空

能够指引方向的越来越少

因为沉默,恋上黑夜

低头走路,抬头看天都成了信念

离家久了,习惯穿上坚实的外衣

别人看不见时握紧拳头

日子从指缝间流逝

积累下来的尘埃,自己能看见

已习惯在黑夜里独处

想象着家乡月亮是圆的

月光治愈不了我的乡愁

这样的夜晚如同在伤口撒盐

灵魂和肉体,谁也离不开谁

钟声

走在路上的人
只在意岸上的灯火
水里的影子
奔跑的风带走了些什么

钟声已经荒芜了
你只在乎一滴宿露的命运
或现实中那些坎坷
你回身试图打开被忽略的

你每次都说　没有奇迹发生
很平淡　但你忧郁
你想听到最初的美与真诚
直至鬓角成霜
你停不下来
你得到的依然是脚步声

一页天涯

趁着风未起,雪未落

脚步声还在耳边

背起笔尖上采下的疼痛

执手天涯

孤雁长鸣　响彻云霄

那奋起的羽翼　开启新的征程

我靠着火炉

风来时　熟透的芋香飘远

街道旁的杨树

多像中年的我们

细数所剩无几的落叶

谁又是秋天扫落叶的人

走失的诗行

沿着走过的路,细数零星的脚步

每一次的碎碎念,终因为无法释怀

当时间偷走初衷,留下的只是苦涩

选择待在一段时光里,怀念另一段时光

窗外的雨停了,风还在

那株含泪的芨芨草

渲染童年的梦　每个不忍揭开的疤痕下

都深埋着一个故事

而我的文字,终将在黎明醒来

爱如水晶

阳光,藏不住透明的颗粒

那些躲在泥土深处的光芒

或红或绿,抑或姹紫嫣红

窃取天机,还原生活的棱角

走过那些风雨

有一道彩虹,被阳光征服

有些错过,终成过错

一颗水晶的恋情,无暇

怀揣浪漫,心存微悸

一枚攥在手心里的温柔

唯有刻上你的名字,附上我的体温

一瓣心香,才会在阳光里绽放

等待明天

穿过这个黑夜,又是一个阳光明媚的早上

请和我一起迎接黎明

看第一朵花开,听第一声鸟鸣

捧着晨起的露珠,又一次启程

人生的舞台,已开幕落幕三十几个春秋

没有鲜花,也没有掌声

而不断更新的日历

告诉我们,人生不可以重来

煮酒论歌,在文字的梅花桩上

挥舞横竖撇捺的剑谱

奈何春去秋来的轮回

一次次等待明天

等待满天飞舞的萤火虫

为我点燃生日的红烛

我将许下,彩霞满天

渐

天气预报说降温

拿出准备好的冬装

一件火红的双面羊绒大衣

能想到穿起的温暖

风拂过时

似乎听到什么碎裂的声音

你想到你爱过的田野里

那些大豆高粱玉米地

是怎样搁置在雨里或者雪地里

你无处安放的小手

紧紧抓住衣角,像抓住什么

哦,亲爱的人

真是放不下的一天

木头人

一截木头搁置了疼痛

不动声色地站立着

爱了吗,放下了吗

懂得一切只是一场梦

那个影子还在晃动

子夜时分的一场雨

扫去所有尘埃

缥缈的虚伪的统统都走吧

留下的,只有那串脚印

雨中的音符,是不是天降的梵音

净化弯弯的山路,山路旁的白杨

白杨上的小鸟,期待相遇

邂逅,唱出那支熟悉的歌

站台

左手扶母亲上车

右手抓住疾驰的风

时间就此定格

我害怕离别

隔开风隔开雨隔开浓浓的亲情

火车吹起了远征的号角

闪电撕扯黄昏

大雨如注

洒在比相聚还要遥远的站台

长夜漫漫

妈妈　就让女儿的心

陪你回家

天暗下来

我在一本书里
反卷的书角是我的指印
有你的身影穿插其中
像夜里的光
在玻璃窗上复制寂静

多少次,你穿过黑暗
刚好落在我失眠的边沿
在我的睡姿里
熟悉的事物印着你的名字

秋风斩

树叶飞得那么慢

追不上一只路过的蝴蝶

不知道何时,长椅上盖了一层

多么安静,请允许我一个人

在它摇晃时扶住树干

在每一片落叶上刻下你的名字

和写给你的诗句

此时阳光洒在叶片上

在秋风丢下的鸟鸣声里

独自想你

流水谣

微风拂垂柳

流水拖着影子,奔走他乡

寂寥落入我的心头

尤其在夜晚和雨后

那些树就在拐弯的街角

离湖边只有几米远

悬着的树梢下

黑鸟在摘取幽暗的果实

站在那些流水旁

特有的音律

让四周安静下来

如同被一个女人的手安抚

第五辑

转角有梦

穿过雨巷

地面是湿的

空气是湿的

墙上的苔藓也是湿的

湿漉漉的　思念走出你

你用男人的担当与博大

抒写人生的诗行

如果说诗歌如火焰

你就是那个点火的人

亲爱的人　还好吗

来吧　穿过雨巷

让我来按摩你伤痛的左臂

用温暖的怀抱　为你疗伤

佛说　每一次的相遇

都是前世的不期而遇

那么　我就在雨巷的尽头

等你　走过来

手机密码

一道屏风　阻隔通往信任的途径
数字　蒙上面纱
蒙娜丽莎的笑声
带着寒意　如一把刺向心脏的利剑

关起一道门
打开一扇窗
失与得　孰轻孰重
未保存的短信

你试图打开封闭的门
寂寞通道的密码
不再是　芝麻开门
四十大盗偷走了月亮

公主依然安睡
等待骑白马的王子
吻醒

如果你要告别村庄

这些年,炊烟守着秘密

陪着一代代人长大

他们追过风追过四季

现在追背影追汽车尾气

村庄老了,土墙翻找记忆

烟霞抖落下夕阳

风搬动瓦片的声音

惊动一朵爬上墙头的丝瓜花

如果你要告别村庄

先到驼背的老榆树前拜别

出走的白云,沾染泪水

多少次回眸,目光锈迹斑斑

守望黎明

把你的名字念叨很多遍

雪都化了　待我把最真的祝福

涂鸦在字里行间

你懂得　在诗意的春天相遇

说好了做你的影子

托付今夜的流星

把病痛送得远远的

知道　你喜欢恶作剧

累了　想偷懒是不是

你说过属羊的人都是坏脾气

那就快点回来

听花落的声音

没有在最美的时刻与你同行

错过了花开　我选择站在一首诗歌的韵脚里

听花落的声音

岁月静好　我等待一场雨

或一个归途中的人

一朵花,悄然滑落

一个季节　我还等吗

离开,不是一个简单的转身

而是一辈子的幸福

谁在呼唤我的沉睡

今夜不喝酒　只饮月光

墙上的影子醉倒了

月夜总能牵出乡愁

疼痛从身体某个部位通过

踏着满地苍凉

看不到来时的路

踉跄奔走在他乡的路上

墙角那簇菊花

没有失约

落队的孤雁　何处疗伤

秋风并雨　如期而至

我的目光却穿不过这场秋凉

谁在呼唤我的沉睡

穿越冷漠　遍地花香

秋日

要到达山顶,有很多条路
山路十八道弯
好像村里的老榆树

看,秋日靠在斜坡上休憩
阳光洒在阿九的背包上
不深不浅,刚好没过草丛里的脚印
他捧在手心里的录取通知书
像一朵刚刚开放的百合

现在,他站在高楼向下看
人那么小,都停不下来
这么多路没有一条通向山顶
秋日那么圆,没有家乡的味道

河流

童真随发丝脱落

一些日子　东升西落

把每一次的想念

涂鸦成带血的文字

故乡　走不出记忆的河

爱你春花遍野的艳

念你冬雪绵柔的寒

炊烟　氤氲出家的温馨

母亲的一声咳嗽　把我

从睡梦中惊醒

那朵漂浮的云

带着油菜花的香味

故乡　无论离你多么遥远

都以一滴水的姿态

形影不离

风的样子

纱窗挤进你的影子
试图泄露满屋子的秘密
吹乱额前几缕青丝
你的温柔走过我的回忆

风正赶来时
被偷吻过的湖面
开了朵花　转身离开
什么也没留下

蒲公英种子漫天飞舞
转入下一个轮回

冬的颜色

夜静得能听到自己的呼吸声

和一声叮咛,睡吧

此时,不能安睡的不只我的眼神

还有不知疲倦的闹钟

一个方向　沿着一个同心圆

一个想字了得

把一个名字焐得滚热

把一朵玫瑰,插在37度空间

爱你,却让眼眸沾满露水

一片雪花,尽显冬天的颜色

看到你,便会想到绕指的白

在这个飘雪的日子

我想堆一个雪人

打磨成你的模样

而我,选择站在你身边

春天还远

问一朵雪的飘

只尘封记忆

陷入泥土

大地上　铺满的漂泊

不仅仅是一张纸

没有人抱怨　冬天太长

在通往春天的路上

搁浅了乡愁　总有一些思念

期待重生　与一粒种子返璞归真

这是怀念春天的人

心中的美好　所有触及春天的词语

包括远古的图腾

也在掌心开放

柔荑

《诗经》里走出的女人

吐气如兰

以她的绝美,停留在历史扉页

合上书本,也挥不去她的身影

应有一位书生唤她"娘子"

风停了　雨住了

忽略绿肥红瘦的往事

扶上白马,揽在怀中是你的柔情万千

抚琴,早有柳絮飞扬

打开心中千千结

左手覆上你的右手

风一定要轻,才能听到此时的耳语

与梦之蓝有约

空中悬浮的,此时是醉人的芬芳

生产线流淌的高度

轻易就能点燃热情

我不是酒鬼　困惑在氤氲酒香里

不用举杯,我已经学会先醉

美人泉,一位叫梅香的姑娘

善良和青春的身影

可以看到阳光在她身上

她走起路来,抖着昨日

和新的明天

更多的思绪,在洋河中自居

那阵风就在等我

好像等了多年

美人泉

美人泉的水流淌
一条河的淳朴
泉水叮咚响
她微笑着,远山都在回应

陌生人　似乎也不再陌生
一个人要走多远
才能把陈年视为往事
身后落下的飘零
还会挂着最初的笑容

酒醉了　你就会明白
美人泉不只是一道风景
更是一种永恒

泡沫

阳光在里面

彩虹在里面

鸟儿在里面,歌儿在里面

我在里面,梦儿也在里面

妈妈,我是你的泡泡啊

把我吹起来呀

飞呀,飞呀

我要飞到天上去

坐在月亮上,摘星星

摘到星星送给你

我们心连着心

那些夏天挡不住的

播种一缕朝阳,开启希望

还要好大的蛋糕,邀请

门前的小番茄和后甸子的山里红

一起唱生日歌　蜡烛有心还惜别
又燃起一场江南雨,心海荡起波
伞下有足够的留白
攥着你的名字,在梦的边缘徘徊

目光,埋下半壶秋水
你在百合树下,微微地笑

洋河美酒

斟上一小杯

就有清香拂过耳畔

像闺密,讲些陈年旧事

偷窥的爬山虎翻越栅栏

一朵迟开的花,不愿在夏天走失

唯有屋外那只低吟的蛐蛐

打破今晚的沉默

月亮跌落在酒杯里

晃了三下

梅

一枝梅站在角落里
向谁眺望,上帝已不在面前
你与他同在,衣服上蒙了尘土
可能最终,他和你都将恢复到泥土中
一枝梅从静中走出来,可能丢弃花香

时间未到,一首诗还没动笔
你想唱的歌,直到现在也没唱出来
一枝梅开了,你没有听到花开的声音
也没看清他的脸,只是听到他的足音
从房门前路过

邂逅

一只蛐蛐出现在门口
我相信凛冽的寒风
吹过整个晚上
这只是个小小的邂逅

我决定收留这个生灵
也许二十年前就是它陪我读书
蹲在草丛里数星星或者弹奏夜曲
某个多风的夜晚,走失在月光里

不期待它的歌声
只是希望心里不再寒冷
凭着手心里的温柔
这一点暖给它,至于我多年的冻疮
一字不提

等

夕阳挽着暮归的羊群
王二跟在自家羊群后面
不断抽打的鞭子,击退残阳

他把睡在沙发上的娃抱起
粗糙的手指无限的温柔
眼睛里的光透过城市的站牌
爱人坐上最后一班大巴车

空气里充满湿度并慢慢扩散
果然有雨水从眼角溢出
这是媳妇离开家的第 148 天
雨继续下着——

和村姑一起捉鱼

阳光依旧落在清伊河里

清风挽着云朵,传来的笑声

比荷花美　赛桃花香

拎起的裙角下,看不到自己的影子

你说,水里游鱼也读不懂

捉来送给写诗的哥哥

让它在意象里行走,下句接不来上句

就用鱼刺吓他

河水也会被传染,把寂寞丢给远山

和村姑一起捉鱼

感受脚趾抓不住泥土的惊慌

检阅还剩下多少纯真

泊在水做的摇篮

假面

那一夜,雨划过窗前

洗刷百叶窗上遗留的背影

瞬间奔跑的闪电

很快融入一首诗里

断念　净身　制造意象

所有的平仄,伴着夜来香

笔尖在雨中战栗

不经意划过的目光

与一株水中花对视

爱上一场雨

这个夏天

我忽略蝉鸣,拒绝风声

守候偶遇的幸福

和屈指可数的花开

不敢写字

怕哪个字会泄露心底的秘密

横竖撇捺,究竟可以承载多少真情

爱上一场雨　不需要任何理由

也许因为那把伞

像开在雨中的小花,更像一个人

不解风情

搁浅,风

一点点骚动的小心思

深藏在夜幕中子夜钟响

任凭枝叶如何摇摆不定

此时该想到月光的白

或者雪地上的小仙子追着你

哥哥,雪很大

一下下刮着你的鼻子

将背离誓言的风,搁浅

父亲种地

父亲是一位农民
一辈子都在耕耘土地
田垄上的禾苗是他的孩子
汗珠子摔八瓣也得落在土地上
一杆旱烟就能算出今年的收成

玉米喜欢啥肥,高粱啥时候拔节
都在父亲的掌心里
掌纹里有更多的秘密
想我的时候,父亲总是把拳头攥紧

六十多岁的老父亲一次次踏进南下的火车
是放不下离开土地的女儿
他总是说,人不能离开土地
一步一个脚印才可以走下去

父亲

一面明镜挂在凌晨的缺口
照亮田野里挥舞的镰刀
交叉四射的光　模糊了双眼
父亲的背影　分明是一座山
在我面前用勤劳雕琢着雄伟

热炕头上的记忆,依然
品尝父亲用汗水泡制的玉米棒
我是春天父亲呵护的禾苗
夏天,我为父亲黄鹂一样鸣唱

蒲公英在秋日的阳光下
放飞了我童年的梦想
瞭望的目光,榕树上结成两颗琥珀
一颗刻着叮咛,叨叨没完
另一颗写满牵挂,刻上额头
那一杆旱烟,燃不尽父亲
心事悠悠　袅袅地升起在老家小院
化作云,化作雨　沐浴我一生的爱

父亲钓鱼

父亲喜欢去运河边看别人钓鱼
有时会忘记吃饭的时间
讲到高兴的时候,好像鱼是他自己钓的
我也给父亲买一套渔具
蚯蚓和鱼食都用完了,也没看到他钓的鱼
父亲钓的不是鱼
他只是把太阳从东边牵到西边
让一片火烧云燃尽他的寂寞

站在你的右边

不敢说认识你我是幸运的
我们牵手一直向前
没有停下回味每一个驿站
爱你成为习惯
没有生死相许的片段

只需要依靠你的肩
陪我每个清晨与黄昏
听我读诗,让一个吻来做书签
站在你的右边
快乐落在你的左肩
你说不会让我的泪划过指尖
你是我的地,也是我的天

距离

一滴雨追着另一滴,喧嚣没完

停在树干上的鸟鸣

在雨巷深处走失

我的左边

两棵互相搀扶的大榕树在窃窃私语

等待暮色慢慢降临

好像有一根藤蔓,在拉近与明天的距离

初见

那一年,校园变得陌生

同班同学各奔前程

丁香花,木然面对每天的太阳

重读,就像搁置在放大镜下的蚂蚁

坐在我后面的男孩,笑容阳光

仿佛春天是他的,小草为他绿花为他红

所有的日子高不过矮树丛里的蝉鸣

看夹克衫、运动鞋和足球场上数不清的汗滴

风摇着树叶,也摇着一个女孩的小心思

就这样坐着,不说话　也十分美好

滴滴秋雨,淋注了我的乡愁

熄灭了夏的火焰

叶子被时光老人剪去了绿风衣

沉沉的稻穗述说着

阳光对大地的依恋

村头的老槐树

清晰记录我离家日子

鸟儿们唱不出我的乡愁

蹒跚的背影　送别又一个夕阳

飘荡在树梢的炊烟

早已化成记忆　如一根系住风筝的线

伴我走得那么遥远

那漫天的网,网住了乡愁

那一颗滴在心湖中的雨

点点微波伤痛了游子的心

也轻轻爬上了妈妈的额头

第六辑

醉美泗阳

春暖大禾

大禾　今天你与春天走在了一起

应该说　你正验证庄园的构思

你是一座比彩虹还好看的桥

永远的春天似乎安住于伸向的枝头

你摈弃造作　嫁接了自然

那些美似乎一瞬间怒放了一个梦

这个梦　不仅是桃花的盛开

不仅是大禾人的祈愿

是绿色农业延伸了的启示

是在和谐中开启的另一扇望远的窗口

在你接近蓝天形象的大棚里

一株株鲜活的生命

不仅代言了无害生产

更呵护了美好的生活

当你踏着第一缕阳光

走进大禾庄园的角落和细节

门前的桃花　梨花

如大禾人的脸庞　温馨　甜美

这时　你感到大禾的春天更早一些

海南的植物落地生根

像一张张现代名片

彰显生命的奇迹

鲜润的草莓

樱桃园与成荫的葡萄架

蔬菜和水果

这些甜与酸是发自内心的

是自然的移植　广大的庄园

以时代的精神展现在眼前

似乎在述说大禾人的心声

此时　我只选择与一朵花窃窃私语

晨光定格　让微笑与时代相伴吧

樱花园

三千亩樱花安居在卢集

来得有点早,樱花还未开

恰是青春年少的时光

带着回忆踏青苔走小径

路旁的野花野草,和我们一起摇摆

有诗友惊呼

看,有朵盛开的樱花

粉红　在镜头里招摇

引来同行的诗友驻足观赏

有人拜倒在樱花下

仿佛这个春天是它的

所有的花事也是它的

成子湖

成子湖的水很清,绸缎一般

成群结队的鱼儿穿过它游来游去

这是在三月,桃花开得正艳

樱花也在走来的路上,一个个鼓着小嘴

等春风亲吻

想走近成子湖,你最好站在亲水平台上

赏风景或者垂钓,那样悠然自得

会不会有鱼上钩不重要,很多事难得是心境

偶有汽笛长鸣,打破宁静

或者孩童指着远方

相思树

狂风起的时候

洪湖水开始暴躁

渔船,成了挣脱不了的猎物

我无法让你离开

就宁愿和你一起沉没

一道闪电划破长空

湖面仿佛被砸疼

哭泣的雨滴,再唤不醒

我们风雨中的日子

多少年,洪湖水依旧

坟头与那株苦楝相伴

没人忍心触动你的相思

有风吹来,每片叶子都在忏悔

爱人啊,我们守于湖中

却无法捞起我们的幸福

来安,我们在最美的春天相遇

风吹着麦浪　幸福的音符开始奏响

有些相遇不是偶然

四百亩的梨园,盛开如雪

新型农业唱起凯歌

农民的日子像金果梨一样甜

满树的白,正是四月的雪

每一朵盛开都映着笑脸

葛集宏盛梨树种植基地,迈开高效农业新步伐

两只蝴蝶的对视,让春天升温

还有谁,不会怦然心动

我把对春天的爱写进诗里

那一望无边的白,正是我的诗行

没有打开的花骨朵,欲言又止

那个拿自拍杆的女孩,左拍一下右拍一下

好像春天是属于她的,梨花也是为她开的

泗水长流

泗水东流,点燃了两岸桃花情结

浪花燃烧着　等待就是喧嚣中的渡船

一抹绿加几簇红　妆点心的彼岸

错过一场春风

幸福就像毛毛雨

不会偶然掉下来

一株小草

尝试坐在泗水阁,听《诗经》

看西楚霸王的长剑

惊天动地　一滴水喂养生灵的传奇

故事在泗水,生根发芽　奔跑的泗水

腾飞的宿迁　幸福就是隐形的翅膀

就是泗水睁开的眼睛

恩泽园

来安胡氏,夫君早逝
只为一个约定,容颜在时光里消融
忽略生活使出的眼色,向前不回首
守贞洁孝敬公婆,敬重自在人心
乾隆降旨,此人为天下母亲的典范
今人修缮,胡氏节孝坊
院内的树说不出她心里的苦

站直身子做人,她就是一垛墙
始终没喊出疼

紫藤长廊

紫藤花开时,像悬挂的珠帘
在长廊里坐久了,以为走进一帘幽梦
花香里醉倒的人,躺在长椅上
扳着手指,数日子的长短

人到中年,也在半空悬着
什么事都很小心,越来越不像自己
一些早开的花瓣,散落在地上
每一朵花心里都藏着一个想家的人

桃花

是那抹粉红的身影

给春天染上腮红

钟爱日光,经得住雨水的诱惑

摊开手掌接纳天空的馈赠

微风里的桃花

仿佛是我的青春

代替我把最好的东西拿出来

小心翼翼地在枝头燃着

代替我把思乡的苦

慢慢变成甜

牵牛花

一根藤蔓

牵起春日的阳光和雨水的背影

有风吹过

不再隐忍内心的暴动

喊出疲惫和不甘

那么多蝴蝶飞过

感觉一只手已经伸出去

向上,攀爬的动力

牵牛花正代替我

宣读了桃花开的消息

马兰花

那一抹紫

是马兰花上顶点的春天

我怕着,一天会成为雨水的背影

它那么忍受着靠近日光

就像一时的暴动

仿佛我的手背

把生活一下子摊开了

微风里的马兰花

代替我把最好的东西拿出来

它就在别的树荫里,燃着

我还想说什么,它寂静

只宣夺小部分的

关于我,离开故乡的天空

仁爱颜圩

红墙绿瓦中,我走进

一座桥一条河上的颜圩

而一片菊花园的颜圩

将全部的金色领进村庄

哦,颜圩人

把酿久了的幸福分给路人

采一捧笑意还给秋风

还给种花人,养鱼人

可许多念想的东西

留不下那些美

那是植根于颜圩的小山坡

阳光洒红的故事里

我只能小心地摘几朵金丝菊

别在胸前,就像

被我护爱的颜圩溪水

那儿风不大,却可以翻动留恋

陌上花开

这么多菊花

似有一种汹涌或暗流

正冲破一幅油画

却也掩不住一位女子的美睫

没有藏住的是,她的手指

弯曲里,伸向秋天深处

那时,天空纯粹

我只定格在一种静穆

不做各种动作,只怕影响

菊花在阳光下的耀眼

那时,是谁握住了秋风

想起一个人

"采菊东篱下,悠然见南山"

悠然菊园

蝴蝶飞临花丛,蜜蜂
没有替我表达好一种意境
小小的歉意,膨胀在
花海的释然之间

空中的鸟儿,点缀出
我内心爱慕的画面
没有什么能囚禁鸟儿
鸟儿在这里,风是甜的
甜过农户家的窗户,甜过
柿子树上的灯笼
尽管秋意深浓
我只愿是这儿的一片叶子
飘落菊园,不做一切的交代

不完整的部分

小野花开了

像我不完整的梦

它在风里

使我的爱怜抽象了许多

野花低低地开放

这些小伤口替代了

我,从没有过的寂静

我多爱它的薄弱

它的香混合在运河的腥气里

紧紧抓住短暂的一生

它围绕村庄,母亲

那天,我通过它忽略着心的距离

运河晚祷

该登高的节日总要多走几步
一旁的落日在谁的安排下
陪我踏进黄昏

长在墙角的小雏菊开过三年
想家的时候,就往家的方向望一望

杯子里空下的前半生
已被谁取走,
剩下的菊花开着

运河,请接受我深情的告白

运河上有轮渡,天上有轮渡一样的云
运河边的红枫叶像才开的花,而那些银杏树
像姑娘的黄纱巾
飞舞的叶子缓慢又浪漫,似夜晚的星星
我站在岸边,却找不到属于自己的位置

我终究是一滴水在你的光波里滑行
不管走出多远
掀起的浪花追不上远行的船只
我想在风起时,把船帆扶正
像扶正一个人的名字
一时间,运河的水光亮无边
喧嚣的货轮在水的裂缝里穿行
亲爱的,给你的信笺上写着
运河水依旧

樱桃熟了

风一吹,满树的樱桃红了
总是习惯写到风
好像有点风,路旁边的花就能开
樱桃的小嘴就可以噘起来

长在枝头上的最甜
有几只黑雀在远处眺望
哥哥灵活的像只小猫
吹着口哨,上去一会儿又下
捧在手心里的宝

是女孩子的唏嘘声
偶尔一两个放在哪里
幸福的味道,没人知道是酸还是甜

解禁春天

一声轻唤,你就在不远处

往清风明月处赶

不管绿肥还是红瘦

在你的文字里,总是得体

哥哥,我是一棵藤

想要攀上你紧锁的眉头

解禁情诗深处的忧虑

带上一朵雪花

寂寞的夜,春天在诗歌上摇摆

一年又一年　分别的梦境总是会重现

指尖的桃花还在

记得,屋檐下的雪很甜

转角有梦

这些年,除了流浪

最多的就是背弃

背弃老屋,背弃回乡的路

许多不明不白的疑问

像一只鸟儿啁啾在枝头

一些生动的词语

握着最初的感动

指尖上那些难眠之夜

丢弃在文字里

只是,在某个转角处

依然有梦

行者

离家前夜　北风总是吹个不停

梧桐树下又多了几片落叶

扫落叶的母亲,忍不住轻叹几声

此时　花喜鹊在枝头眺望

树枝默不作声

草儿早已被一夜露水打湿

不敢回头　唯恐抖落睫毛上的忧伤

菊花开了

拨开一片云彩,秋探出头
九月挟持菊香,行在路上
总有一些风声
借夏蝉之口
菊香,被月亮吵醒
与我,相对无言
三千朵盛开的情愫
盈漾在九月的天空

一枚尝试飞翔的石头
跳出一圈年轮
在菊丛中舞蹈
我看到他的背影,我看着
或许,他的脸
就是一朵盛开的菊
在等,另一朵

等冬季那场相约

风儿吹动孤影,窗下的思念

变凉,芳草萋萋

所有的萧条　见证你的离去

曾经飞舞在秋风里的黄蝴蝶

藏匿大地

我挥动手中的笔

欲挽住春天的温馨

跃过秋霜的冷漠

让誓言焐出一个暖冬

当北风吹散耳旁的私语

飞舞的情话

早已在树梢冰冻

单薄的爱情　抵不住风寒

但我依然等待,冬季

那场相约

九一八

九一八不只是数字

那是一串带血的泪痕

每个字都含着九百六十万平方公里上的恨

每一寸土地记载着那些暴徒的罪行

九一八不只是一个平常日子

警笛长鸣,再次诉说耻辱

那是中华民族的劫难

安逸背后,永远除不掉的伤疤

跨过卢沟桥,踏过我中华的威严

那一夜,长江在怒吼,黄河在哭诉

亲人的血怎可以白流,泪没擦干以前

在哪里跌倒,要坚决地爬起来

故乡,故乡

喇叭花打开的早上

是园子里的茄苗,辣椒苗

点缀年轻母亲

在玉米饼的香气里

我一直走不出

故乡背着的朝阳

现在,没人唤我的乳名了

在炊烟飘起的黄昏

一年连着一年

遇见

阳光扑在窗上　我等的笛儿失约了

笛不再吹响　当一次相逢

打开人生的扉页

所有的枯枝绽出新芽

四月爬满我的窗

爬山虎比四月又高一些

心中有雪隔断的山那边

风过后　和之前没有什么不同

在那盏灯熄灭之前把门关紧

许愿灯

点燃,就可以腾空跃起

心思如风,一点点远行

不知能否吞得下浅浅的江月

承载一脉深深的思念

靠近那颗星　一条河从我的源头出发

可曾照见你明月下的孤单

流经你的不眠

故乡,这么近又那么远

在举起的酒杯前,泪流满面

挥不去的乡愁　梦里梦外

枫叶凌舞

叶,在风的怀里动了起来

拉扯着落单的影子

一小部分词语,在荒野走失

秋将如何收场

姗姗而来的讯息,和春天

本末倒置,打碎回忆的沉闷

秋的地盘,还是由秋天做主

或消沉或魅力四射

花的骨头　始终是最坚硬的部分

当来不及打开所有臆想

一枚枫叶悄然而至

你若盛开　芳香自来

跌落的月光

侵略者闯进泗阳

那一夜,月凉如水

成片的蛙声,喧嚣杀戮

路边的车前草,以及

车前草的路,被同胞的血染红

邻家的小妹妹,受尽欺辱

在多彩的季节泣血

杜鹃控诉着,他们的罪行

家园被踩躏,在侵略者的铁蹄下

这只是个窝棚,一位母亲尸骨无存

只有一缕发丝,挂在树梢

跌落的月光

在长夜里呻吟,喘息

我在秋天等你(一)

走进这片红枫林

就到达秋天了

哥哥,让我拉着你的手

走上红地毯吧

趁着秋风扫落叶的当

看呵,这枚枫叶

多像你脸红的模样

过了红枫林　就可以看到那棵石榴树

她不再藏着自己的小心思

她是一首诗

甜着,还有酸酸的回忆

哥哥,你听

含着乡音的雁鸣

多像远方父母的嘱托

一撇一捺走得坚定,笃定

我在秋天等你（二）

红枫林里,石榴树下

伴着雁鸣,唱起来

不再是离歌　而是今生有约

今日有约　打开记忆之页

少年不懂世事的眼神里

读不懂忧伤,这是扉页

听不清葡萄架下　窃窃私语

这是内容　一朵玫瑰

是否可以点亮一个节日

那份火红的记忆

是一本书的插图

一个春天　等待月圆

就会被无数次月缺而伤

而错过的,将成为毕生的等待

梦里梦外,我将

点燃多少支玫瑰

赴你今日之约

第七辑

名师点评

谷风赏评《老屋》

　　作者雪梦的诗《老屋》呈现了她生活的过往,也体现了她父辈的生活色彩与情感的留恋。作者没有去一味地追求抒情,而是客观地呈现了事物本身的某些情景,随之烘托出很纯性的诗意。可喜的是作者没有过分往返个人情绪化,而是通过那些最熟稔不过的生活场景去挖掘内心情感的负载,写得张合有度,不疾不徐。她的写作状态很冷静,但是你只要仔细读过,就会被里面沉静的文字打动和感染。我觉得这是"冷抒情"的特征,冷抒情是不会膨胀诗歌现场的气氛和肆意大开大合的词语带来的"沸腾"效果,是摒弃了表象化的一种自觉和内心写作。我看完雪梦的《老屋》后已经被感染了,我被感染的是诗歌里面那种静止中的沉稳,从文字背后溢出来的一种诗歌情趣,浓厚的情感再次倒进你的眸子。

　　作者没有走奇异的路线,而是走很正的路子,没有华丽的词语堆砌,而是呈现诗意,并且写得不流俗,不娇嫩,不做作。我喜欢这样冷静的处理效果。她开始就展开"老屋"的画面,"泥土　水　和着阳光堆砌而成/一棵小树,坚守旧时光/墙角藏着/童年时爬过的一条蚯蚓/翻动父亲跌落泥土的/梦境"。这段写得朴素自然,没有奇巧的语言动作,却有很迷人的诗意。她这个老屋是泥土、阳光和水构成的,并且有一棵树"坚守"。这里的"坚守"用得很好,体现了作者对老屋的深深情怀,那种坚定的情感跃然纸上。但是,最值得一提的是"童年时爬过的一条蚯蚓",这是很有意思的,为什么说童年时爬过的一条蚯蚓呢?这是作者有意营造的一种诗意的氛围,有意又合情合理。为什么这么说?她的童年可能与蚯蚓有关,作者看到蚯蚓就想起自己的童年,也许她那时的童年生活单调,"蚯蚓"是最吸引她快乐的"玩物"吧,所以作者特别说出是一条童年的蚯蚓,这很有意趣。这种写法是很新鲜的,更能提升语言的格调。所以,夏丏尊曾经说:"在语感敏锐的人的心里,'赤'不但解作红色,'夜'不但解作昼的反面吧……'春雨'不但只解作春天的雨吧。"我觉得作者巧妙地运用了这种反制的道理,倒是显得更接近诗性。写到这里此种发挥似乎还没有完结,她为了让诗歌更带有感情味道,把眼光移动到"父亲跌落的泥土"。她看到老屋周边的泥土,都是她父亲遗留下来的,这显得非常亲切,也更进一步体现了作者对老屋的情有独钟,这是一次情感的转换。可以这么说,凡是与老屋有关的那些事物都与她的生活有关,关键在于作者艺术地进行了诗化处理。有一种"智性"的发挥。再看"母亲的乌丝 被不相干的蛙声/喧嚣斑白",是啊,这就是借助事物来说话,她很会用,很会参与,这就是一种诗歌艺术的体现。这似乎与老屋并不相关,却正验证了关联的现场与其他牵扯的因素,有了这些就更能营造出诗歌的魅力,也不要太多,一笔带过足矣,就像水面上掠过一朵云的影子一样,有了更生动的画面,甚至更多的想象。"润绿我一生长满青苔的回忆/故乡 每眺望一次/小木屋便靠近我三步",诚然,作者的老屋便是她故乡的一个缩影,她写出这些东西来又更好地映衬老屋本身的重要性,使主题得到更好的发挥。

在写作中你不要只写主题本身,那样思路就太窄了,要写有关主题的东西,意象地、客观地去呈现出来,这样会让文本本身更有说服力。看来雪梦是吃透了这种"精神"的,所以她在面对这样通俗的题目,写起来可能陷于俗套的境况时,并没有退避三舍,而是直面诗歌所持有的一次心理感应。文本中,她每靠近一步情感就增加一分重量,她的老屋就靠近她三步,这里的三步是一种情感的跨度,这样的数字是更能提醒作者的情感的分数。她没有去主观地写自己怎么爱老屋,有什么样深厚的感情,而慢慢把这些有关现场的东西一一搬出来,在阳光底下晒一晒,看看上面那些影子和灰尘。她"锈蚀的只是殷殷目光,不断/上涨的河流,提示我/我的思念又一次和它对着月缺的方向/潮起潮落"。这里她很客观地运用了"河流",我觉得非常突出,这样写更能注入情感,其实河流本身就代表了时间,是时间性词语。她走出老屋的所有的"情物",看着河流本身自然的照应,最后落脚在自然的生发甚至是一次牵引。这样做是很现场化的处理,更具有说服力。在文本方面,这首诗也是一次感性的突破,她在试图摆脱一次文字上的表象化表演,运用冷静的理性演变,在不动声色中交给读者一份流动的感慨。"我的思念又一次和它对着月缺的方向/潮起潮落",这是很动人的句子。

朱光潜曾说中国诗人"在自然中只能见到自然",而雪梦在自然中见到"人",这是人格化的自然,带有鲜明的主观色彩。这样很好,诗歌本身就是主观的,只要客观地去呈现主观意识就已经分解了诗歌,在诗歌解构上也是很主动的。希望作者以后在写作中能更接近诗歌的"真",善于发现"新"的东西出现。不过,她已经不错了,这首诗歌是发自作者内心的声音,是由语言本身驱使的,她主动地拿出这样朴素富有感染力的文字来,让读者再次领略她情感的深度。以上是作者雪梦在情感上的一次客观体验,整体写得沉静、沉稳并且纯粹。推荐佳作。

附原诗:

老屋

泥土　水　和着阳光堆砌而成
一棵小树,坚守旧时光
墙角藏着

童年时爬过的一条蚯蚓
翻动父亲跌落泥土的
梦境

夜灯下
母亲的乌丝　被不相干的蛙声
喧嚣斑白
唠叨散落成星星　点亮
我离家的前夜
踉跄步履
拖着老屋青砖颜色
润绿我一生长满青苔的回忆

故乡　每眺望一次
小木屋便靠近我三步
锈蚀的只是殷殷目光，不断
上涨的河流，提示我
我的思念又一次和它对着月缺的方向
潮起潮落

秋灯吟草赏评《雪在梦中舞》

诗,贵乎情,这个诗题是个虚拟的场景,全诗要凭借人的主观想象去完成。"把梦想装进行囊/邀星星去远行"。开头交代全诗的起点,是一次梦想的旅行,也是人生一段经历,接着交代地点,"南方的冬天 没有飘雪"。可见作者从北方飘到了南方,带着北国雪的纯洁与真诚,带着纯净的内心世界,浪迹天涯。为了生活我们时常要舍弃安逸的家,而为了爱情,我们更有无限的无奈,离开,只是一个片段。

"关起寒冷的心/静坐夜的深处"。短暂的心寒,需要释放。关起门来独自哭透寒凉,但用情过后,是理性的回归。诗中的"我",并未因去远方打拼或者因追求一场远在他方的爱情而显得浮躁与不安,只是静静地深思与冷静地应对。

"酣然入梦,呢喃/多想找回远去的春天/商议,别把鲜花带走/让你的笑容开出绚烂/把挂在枝头的爱情/装订成册"。这儿开始入题,开始"做梦"了,梦里不是凛冽的冬天,而是百花盛开的春天,"我"在追赶一朵鲜花,让笑容开得比鲜花还灿烂。这首诗的积极意义就出来了,诗言情,任何情都是真实的、感人的。最后一个段落,让诗升华,梦,圆满了。

全诗,没有过多华丽的词语,但表述清晰、脉络分明、层次感强,平而不俗!如果在语言的新意上再下些功夫,让诗更美丽些,立意上也站得更高,让思想更完善、更高远,则诗堪称精品了!

附原诗:

雪在梦中舞

把梦想装进行囊
邀星星去远行
南方的冬天　没有飘雪
关起寒冷的心
静坐夜的深处

酣然入梦,呢喃
多想找回远去的春天
商议,别把鲜花带走
让你的笑容开出绚烂
把挂在枝头的爱情
装订成册

飞舞在梦中的雪花
轻柔,绕指的白
如一首诗,一支曲
清空烦恼　还我一个纯净的世界

卜一赏评《一枚橘子》《紫藤长廊》

一个场景或一截意绪，写成一首诗，必然地需要某一时刻的某个契机去触及诗人微小的翘动。《一枚橘子》里"一枚橘子/我叫她小青"，从物到象的转换，在诗人雪梦的文字下是如此自然，诗人没有在句子的行进中制造曲折与障碍，也没有在语速上幻化玄虚与奇异，而是在言说中直接介入诗歌的语义。"她的体香打开时/找不到唯一的证人"，由于个体的差异，每个人对事物的不同体察决定着不同的写作角度，让"证人"去完成一个代入仪式，那个剥橘子的人却在"一枚橘子"里痛哭流涕！这首诗完成了三个转折，短短几行，是十分不容易处理的，诗人却做到了！

《紫藤长廊》采用断句的方式将诗人的表达代入物的细节，在不经意间擦亮了具象的诗意，重量在后四句："人到中年，也在半空悬着/什么事都很小心，越来越不像自己//一些早开的花瓣，散落在地上/每一朵花心里都藏着一个想家的人"，诗写者从开满紫藤花的长廊打开想象的推进器，节点在一条线上深化，"中年"与"一个想家的人"形成呼应，春阳化雪一样交融在词语的流动里，这种静态的书写需要诗人超然的心境与敏锐的捕捉。中年期的心理状态以及细微的颤动通过花瓣不加任何铺张和修饰地表达，恰到好处，让语言在这首诗里静静待着，语言就是语言，只等待唤醒它的人。

附原诗：

一枚橘子

一枚橘子
我叫她小青
一个小人物的出场
无关人群的表情
应有的自尊
必须小心地剥开

体香打开时
找不到唯一的证人
小青被咀嚼　一点酸的
我说　我流泪了
在一枚橘子背后

紫藤长廊

紫藤花开时,像悬挂的珠帘
在长廊里坐久了,以为走进一帘幽梦
花香里醉倒的人,躺在长椅上
扳着手指,数日子的长短

人到中年,也在半空悬着
什么事都很小心,越来越不像自己
一些早开的花瓣,散落在地上
每一朵花心里都藏着一个想家的人

后记

  小时候,喜欢读书,那时书籍特别匮乏。不管在哪儿看到一本小人书,哪怕是武侠小说,也爱不释手。后来在县城读中学,常把省吃俭用下来的钱用来买书,周末时就到书店去租书,一本书一天的租金是一毛钱,为了省钱,常常在周末时一整夜不睡觉,通宵读完。

  高中时,语文老师黄晓文,他讲《红楼梦》的时候不用打开课本,侃侃而谈贾史王薛四大家,讲金陵十二钗,讲绛珠草……文学的种子在我心里生根发芽;他讲茅盾文学奖,讲路遥的《平凡的世界》,让我痴迷,为了买这本书,我动用了妈妈给我买秋裤的钱,结果感冒发烧。所幸的是,我的这个爱好得到了父母的支持。

  那时家里虽然贫困,父母却从来没有拒绝我买书的需求。在那个"追星"的年代,我独爱诗人李清照、汪国真和席慕蓉,还手抄了他们好多好多的诗作,被他们的诗歌熏陶着的感觉久久难忘。

  中学时代,我参加了《少男少女》小记者培训班,我的文字得到了编辑老师的指点和修改。记得《穿妈妈做的鞋》竟被改编成漫画版,发表在《少男少女》杂志上。全国读者的来信像雪花一样,飘飞而来。班主任林万生老师担心影响我的学习,把信件留到周末才交给我,也许这就是文学梦初始的地方。

1998年,我的诗歌《年轻,没有权力》在"新作家杯"全国大奖赛中荣获新作家奖,当时收到组委会的邀请函,心中激动万分。小小的我深知父母面朝黄土背朝天供我读书已经非常辛苦,终因为没有路费,放弃了参加颁奖仪式。后来主办方寄来了获奖证书和奖品。虽有遗憾,还是很开心。后来,我的诗歌《红蜻蜓》《追求》被中国当代作家代表作陈列馆收藏,也是对我努力的认可和嘉奖。

记得结婚时,我的嫁妆是满满两箱的书,我知道,我离不开它们。它们是我的全部财富。生活往往会磨平人的棱角,婚后柴米油盐,我的诗心在给孩子洗尿布中被压制着,我做过代课老师,当过家具广场的导购员,养过鹅、放过鸭,那段时间没有写过诗,只是每天坚持写日记。

2007年,我在泗阳开了一爿手机店,闲暇之余我就读书,此时,多年的诗心又在稍微安逸的生活中燃起了火花。2013年的一天,一位顾客推荐泗阳县的一本刊物《林中凤凰》给我。我如获至宝,心里多么希望自己的诗变成铅字发表在上面。带着期盼,我和一位小姐妹冒昧地去了杂志社,他们非常热情地接待了我,询问我的写作情况,鼓励我多创作。现在想起来还是非常温暖。

后来,我加入了泗阳县作家协会,得到了作家协会领导和师友们的指点和鼓励。我认真听取他们意见和建议,认真创作,没有放弃对文学的追求。在柴米油盐的生活中,我没有放

后记

下文学创作。我想,人还是要有精神家园的,在物欲横流的社会中,保持自己的一分纯真,一颗诗心。我的诗歌先后发表在《诗刊》《扬子江》《参花》《青年文学家》《扬子晚报·诗风》《湛江日报》《宿迁晚报》《长白诗世界》《九州诗文》《新诗大观》《唐河文学》《未央文学》《楚苑》《石榴》《神州文学》《望月文学》等报刊,并有作品选入《中国当代千人诗选》。

《野草书》这本诗集,整理了多年创作的诗歌,基本是发表过的,也有新创作的诗。诗集共收录两百多首诗歌,由梦回故乡、夜雨寄北、归期若梦、北风之恋、转角有梦、醉美泗阳、名师点评七个部分组成。书稿能够顺利完成,离不开文朋诗友和家人们的关心帮忙。

感谢恩师给予许多终身受用的有益教诲,他严谨的创作态度、不染俗流的学者风骨、诲人不倦的师长风范,为我树立了做人、做事、写作的楷模。感谢颜士富主席在百忙之中为诗集写了序,同时感谢摄影艺术家张兴权为我拍摄精美的封面和插图,感谢张少健老师的排版设计,也感谢作协大家庭的每一位师友们,我想我是幸运的,我也是幸福的。

最后,我深深地感激所有关心、爱护、教育和帮助过我的每一个人,更感谢我的读者,不足之处敬请见谅!